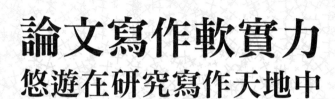

論文寫作軟實力
悠遊在研究寫作天地中

張慶勳　著

五南圖書出版公司 印行

自　序

寫本書有其脈絡可循

　　寫這本書從發想、醞釀、規劃到提筆完成，約歷經兩年多的時間，期間曾經有密集撰寫的時程，也會有間斷性的片段寫作時刻。有時候為了一個字句段落，或是一個主題的訂定，或是為了章節的架構鋪陳，常會花費一至兩個月或更長的時間，已經是極為常見的經驗。雖然如此，決定下筆撰寫這本專書之前，實際上已歷經數十年的研究寫作與教學生涯，因此這本書，事實上是個人早已想要與從事研究寫作的朋友們分享的心情故事。

　　雖然常聽到有許多人說，研究寫作是一個極為辛苦的過程，但也有人是甘之如飴的，不論你是哪一種類型的研究者，都要看你如何對待研究這件事而決定。也就是，你對研究寫作的認知、態度，或甚至是你的人格特質，將決定你在研究寫作過程中的一切點點滴滴。

以回歸生活經驗為本

　　基於以上的思維與體會，我決定以最為自然且輕鬆的方式呈現學術研究嚴謹的一面。因此，我所期望的社會科學研究專書應具有以下的特色，而這些特色則在我完成本書的文稿後，讓我深刻感受到這就是我要與大家分享的心路歷程。整體而言，本書的主要特色是：

1. 與生活化經驗相融合：任何研究都是在人類生活現場場域的經驗中蒐集資料，再經由必要的處理程序，將所研究的結果對人

類的生活經驗或行為做解釋、預測或詮釋意義的歷程。我們常說，將研究、理論與實務相融合，就是最好的詮釋。因此，寓學術專業的理論、研究於實際生活中，便是本書回歸到人類生活自然面的最佳寫照。

2. 深入淺出的表達方式：本書力求輕鬆自然、讓讀者回歸到實際生活的體驗層面，因此，在寫作風格上依作者的筆調自然地表達外，更將學術專業的術語以生活化的方式深入淺出舉例介紹，以使讀者能接受並體會出原來研究寫作就在你我身邊。

3. 融合硬實力與軟實力：在此所指的「硬實力」即為研究寫作的研究方法論與研究方法的專業素養；「軟實力」則為研究者從事研究寫作歷程中的心情故事或心路歷程，也包含對研究寫作的認知、態度以及人格特質的彰顯。所以，本書的主要概念架構，包含下列三大區塊：

• 研究寫作的心情故事——心理建設・心路歷程
• 研究寫作的學理論述——典範脈絡・研究軌跡
• 研究寫作的知能藝術——脈絡可循・立論奠基

其中，第一部分「研究寫作的心情故事」為從事研究的心理建設與心路歷程之「軟實力」範疇；第二部分「研究寫作的學理論述」係研究方法論的典範轉移，聚焦在研究典範的脈絡以及研究方法的介紹；而第三部分「研究寫作的知能藝術」則聚焦於如何撰寫論文的過程，以及如何與研究方法論相互融合的契合性。研究寫作的學理論述與知能藝術則是「硬實力」的展現，不論是研究的初學者或有經驗的研究者，都要同時兼顧「軟實力」與「硬實力」的素養，最後則將「硬實力」融入「軟實力」中。

4. 篇幅精簡且容易閱讀：每一區塊之下有數個子題，每一子題約以1,000字左右的軟性文字敘述（依實際需要，有的主題會有

較多的字數），讓讀者能在輕鬆自然的文字描述中體會／感受
到寫作過程中最直接且真實的一面。

感謝與期許你我之間

這本論文寫作的完成，是個人在地方教育行政機構與大學院校
從事行政、教學與學術研究滿三十年的代表著作。回顧以往，一路
走來受到師長、長官、同道好友的提攜、支持與協助，以及師生互
動的教學相長過程中，讓我能再有機緣將從事社會科學研究的心得
與所有的朋友分享，所以心懷感恩是我的心情寫照。

撰寫本書過程中得到多人的協助，他們都能從不同的觀點與
角度提供意見，而讓本書內容更貼近「人」的思維與行動，也就是
能將學術專業的術語與我們的生活相互結合，所以我要特別感謝他
們；例如，在每次完成一個主題或一個段落文字後，陳文龍主任都
是第一手閱讀者，他會幫我修改潤飾文辭、提供意見，讓文字內容
更能與我們的生活緊密契合；黃誌坤老師也協助潤飾文章內容功不
可沒；陳世聰校長隨時提供寶貴經驗與建議，都讓本書得以更能貼
近人的生活層面。內人趙相子主任不僅隨時提供意見，我也常常在
寫完一段文字後讀給她聽，讓她隨時修改及提供意見，而在最後的
校對文稿工作更落在她身上，因此也是一大功臣。而女兒祿純與兒
子祿高是我寫作過程的得力助手，因為他們不僅支持我撰寫本書，
更是研究方法的實際應用者。

在本書第六章「他們的故事，經驗分享」單元中，我要感謝
所有提供研究實務經驗的朋友們，他們都是身兼數職，有的是國小
校長（陳世聰、許嘉政）、大學教師（黃玉幸、黃誌坤）、國小主
任、教師、行政人員（趙相子、陳文龍、林依敏），且他們都以過
來人的經驗寫出他們的心情故事，提供我們在質性與量化研究之
間，在工作、家庭與學業之間，如何取得平衡點的實際經驗分享。

由此也可以看出，從事學術性的研究寫作，不能與我們的生活切割，而專業成長的精髓便是要在工作、家庭與學業之間取得平衡點，且能兼融「軟實力」與「硬實力」。

最後，我要感謝五南圖書出版公司陳念祖副總編輯的邀約，以及該公司工作夥伴的協助而能順利出版。

張慶勳　謹識

2010.09.22中秋節

於屏東教育大學教育學院

目　錄

第三部分　研究寫作的知能藝術——脈絡可循・立論奠基

✢ 第一部分 ✢

研究寫作的心情故事——

心理建設‧心路歷程

第一章

為自己定位，定錨啟航

壹　瞭解你自己要走的路

　　有人說，從事研究與寫作是一條漫長且孤獨又寂寞的路；但也有人樂此不疲，學術生命的脈絡與旅程一直地持續延展下去。我曾探究其原因，主要在於你是否真正瞭解自己，這條路是不是你要走的路。因此，「瞭解你自己要走的路」是極為重要的。

　　有的人讀書、做研究、寫論文是為了獲取新知、擴展視野，或為拿到更高的學位文憑，也有的是藉由學位文憑而能謀職或得到更高的薪俸，而這些動機隨著每個人的不同需求而導引出不同的思維、態度與做法。

　　不論你是屬於哪一種心理動機需求的人，都要瞭解從事研究與寫作是一種對生活周遭所發生的問題，以有系統的方法及程序予以發現問題、解決問題的歷程。它需要一位對生活周遭事務有關懷的胸襟與心理、探究問題成因的強烈動機，構思、規劃與提出發現問題、解決問題方法的能力，以及堅毅的執行力等特質的人，才能做好研究與寫作的工作。

　　基本上，你必須要瞭解自己是否具備上述所列出的身心與人格特質，以及未來的發展方向，然後才決定是否要走這條路。

貳 把研究與寫作當作一件事來看待

「追求完美是理性的，要求完美是非理性的」是我在教導有關決定（決策）（decision making）課程中，融合學理論述與生活經驗後，對學生們常說的一句感想。其意義是指每個人或組織雖然想要做最佳的決定（決策），但多少都會受到個人或組織因素的影響，而最後常常只做到有限性的決定（決策）。這句話不僅可用在每個人的日常生活，亦可用在組織領導者與組織成員的各種決策過程中；但更重要的，我要與大家相互期勉的是，做事情除了應有完善的規劃與執行力之外，不要因為某種自身或外力的干擾，而影響了我們日常的作息與後續的必要作為。因為唯有健康的思維，才能引導我們有正確的作為與生活。

前段所述的涵義也可適用於研究與寫作上，因為從事任何研究與寫作都必須有詳細的規劃與強勁的執行力做後盾，以減少執行過程中所遭遇的困境。也就是說，我們要有「把研究與寫作當作一件事來看待」的態度，因而才會有「追求完美」的心理準備與作為。

「研究計畫」是從事研究與寫作的準備工作項目之一，我們從計畫的基本架構（例如：研究背景、研究動機、研究目的、研究方法、文獻探討、人力資源的運用、經費的來源與運用、執行過程可能遭遇的困難與解決途徑、預期研究結果與貢獻等）可以瞭解，研究與寫作必須有周詳的計畫與執行力才能進行順利，同時我們也要將研究與寫作當作是「一件事」而不是「一件嚴重的事」來看待。你認為呢？

參 做你該做的事：去做就是了

　　做研究所具備的人格特質之一，就是要有挫折容忍力、解決問題的能力、堅定的意志力與執行力，以及懂得善用零碎時間。過去因為有太多人遇到困難而不知如何解決、有其他雜事而停擺或半途而廢，因而中斷了自己的研究，如此情況實在很可惜。

　　假如發生這些現象，我會鼓勵他們「不要找任何藉口或理由」、「換另一種心境，調劑身心後，再重新開始」，或「把握零碎時間，做你該做的事」，以及「去做就是了」、「Just do it」等。我也曾發現我的學生，當他們做研究或寫論文遭遇困境，而有「思維枯竭」、「山窮水盡」，不知下一步要如何進行時，有的人會去打球、旅遊、向同學或朋友訴苦，甚至有的人會去做家事。這些都是你該做的事，因為做研究是我們生活的一部分，當生活的節奏通暢時，你的研究才能跟著順利進行。所以，「做你該做的事」是你生活的全部，也是做好研究的心理動念。也唯有如此做，你的生活步調與研究才能順利往前走。

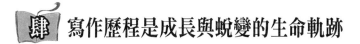

肆 寫作歷程是成長與蛻變的生命軌跡

對我而言，一路走來，進行本研究不僅是我在學術研究生命的突破與轉捩點，同時也是我追尋生命故事意義與本質的探索之旅。

從研究與寫作的歷程中可以顯見一個人的生命成長軌跡，它會是一趟具有生命意義的生命探索之旅。在此我以從事「校本文化領導的理念與實踐」的質性研究為例，摘錄我在該研究部分章節的心情故事，與大家共享那心靈的饗宴。同時你也可以從這裡體會出量化研究與質性研究（我是以生命故事敘說分析的研究為途徑）的差異與所爭議的問題。

以下是我的心情故事：

我的心情故事

對我而言，一路走來，進行「校本文化領導的理念與實踐」研究不僅是我在學術研究生命的突破與轉捩點，同時也是我追尋生命故事意義與本質的探索之旅。這一趟成長與蛻變的生命軌跡，是經過不斷的尋覓、探索、定錨、啟航後，再歷經探尋中勇往直前的旅程。在此一路走來的心路歷程中，我雖然曾對本研究有所疑惑，但我更有豐盛的心靈饗宴，並能追尋生命故事的意義與本質，難怪會有多次咀嚼欲罷不能的「心情」。在此讓我話說從頭，故事就從這裡開始：

一、尋覓探索

從事量化研究十餘年來，我的研究領域主要係從「管理技術」發展至「領導策略」，其後則應用到學校「組織行為」上的發展取向及階段。而校長運用校本文化領導策略與型塑學校組織文化的相關議題，則是近年來所研究的焦點。

雖然說「凡存在的必可量化」，但我也常思考類似具有所謂標準化、系統性、驗證性、客觀性、科學性的研究，在人文社會情境文化脈絡的時空場域之下，能否真正研究到其「事實的真實性與其背後所蘊含意義」的問題。雖然我浸淫研究且樂在其中，且也極為肯定校長領導與學校組織文化採用量化研究的貢獻與成果，但是也誠如我的思考一樣，如何使我的研究領域與結果更能抓住人與情境文化脈絡互動的真實性與其背後所蘊含的意義，這種尋覓與探索的心情則在我心中一直盤旋著。

就在尋覓與探索的歷程中，一些學校現場的校長向我提到，「這種問卷調查的研究方法無法達到真正的目的，你一定要到現場觀察，實際去感受那種實境；要能實際貼近人的研究才是真正的研究。」有的同道研究者則認為，量化研究在人文社會科學領域是有問題的。也有的研究者指出，在研究方法上「質要質到底」，或「質量並重」等的看法。因此，嘗試突破試圖採用實際貼近人的研究，以深入探究校長領導與學校組織文化的相關議題，而使研究結果更能「抓住」人與情境文化脈絡互動的真實性與其背後的意義，則是我開啟學術研究的另一扇窗。

二、定錨啟航

基於對人的尊重、研究場域的實際感受、研究的立論基礎（如前導系列研究與相關文獻、CII架構），以及研究目的的需求，本研究以明校長為研究個案，進行其生命故事與其學校領導的敘說分析個案研究。

三、疑惑迷思後勇往直前

本研究所採用的研究方法主要包含生命故事敘說分析所常使用的深度訪談法，並輔以觀察法、文件檔案分析法，以及強調分析與詮釋的重要性。然而當研究即將啟動與進行期間，包括同道的研究者與我在內，我們都一直在思考著下列令人疑惑的問題。例如：

· 說故事、聽故事、寫故事是否為研究？
· 敘說分析（narrative analysis）或敘說探究（narrative inquiry）是否為真正的研究？
· 敘說分析或敘說探究的結果是怎麼得到的？
· 本研究的價值性在哪裡？有何特色？
· 我如何能說服別人相信我的研究結果？

雖然我與故事的主角（明校長）已建立深厚心理對話的關係，有助於向他「挖出」更深層的心理想法，而有助於分析與詮釋其言行背後的意義。但亦有同道的研究者擔心我進行本研究的分析與詮釋時，到底是在投射我自己的想法到故事的主角（明校長）上，或是主角故事的真實呈現。因而涉及「經驗的本質」與「建構故事的歷程」的問題——到底是故事的主角（明校長）自己建構而成，或是我（研究者）與他共同建構而成的。

　　為此，我曾對生命故事敘說分析研究的理論基礎、基本假定及研究架構，研究者理解詮釋生命故事意義的契合度，生命故事敘說分析的主客觀、效度與信度問題，及如何呈現生命故事的文本分析外，並進一步分析生命故事敘說分析的評鑑規準，與生命故事敘說分析是否為真正的研究等議題。而其分析結論指出，生命故事展現生命史的軌跡與延展性。生命故事敘說分析融合理論與實際，強調研究者與研究對象之間的互動及研究的詮釋性意義，並有嚴謹的研究架構及系統化的研究程序，是一具有結構嚴謹性的真正研究。因此，我再次於歷經探尋中，立下決心勇往直前，繼續本研究的探索之旅。

✑參考文獻

張慶勳（2006）。《校本文化領導的理念與實踐》。高雄：復文。

伍 做好論文寫作的時程規劃並確實執行

在指導研究生論文的初始階段，我會與學生討論論文寫作的時程規劃，提供他們完成學位必經的歷程與不同階段所要執行的工作（參見下頁之「撰寫論文時程規劃」）。雖然各校對研究生完成學位的時程與階段的規定差異不大，但也是要依照學生個人的生涯規劃，以及研究與論文寫作的實際進度，才能決定真正完成學位的時間。

事實上，提筆寫作那一刻的動念是極為重要的，因為你有沒有動筆寫下幾個字，將會決定你完成論文的時間。誠如我曾給論文寫作的夥伴們以下的一段互為勉勵的話一樣，那就是：

> 早做不一定早完成，
> 晚開始一定會拖延，
> 不做永遠沒有開始，
> 計較比較徒勞無益，
> 協力合作連結關係，
> 築夢踏實美夢成真。

從各種經驗顯示，人常存有惰性且會藉著某種理由而延誤了論文的進行，雖然已提筆寫作，但也常因個人以及其他因素的影響，而延誤了寫作的進度。因此，早做事實上不一定會早完成，但假如你不去做時，勢必會耽誤原來的計畫。同時在研究與論文寫作的過程中，不必去與其他人計較或比較彼此之間的進度與研究成果，因為每一個研究都是各為獨立且是性質不同的，所以應連結友好關係，協力合作，做好你該做的事，才能依既定的進度確實執行，在時限內完成論文。

撰寫論文時程規劃

☞蒐集／閱讀／整理文獻

☞論文計畫發表

- 量化研究：第一章至第三章（緒論、文獻探討、研究設計與實施）
- 質性研究：緒論、文獻探討、研究方法與實施（章節標題暫定，視論文撰寫體例／風格，文獻可不必單獨成一章節）

☞編製研究工具

- 根據文獻編擬問卷題項／題目
- 內容效度評析——題目文辭潤飾、選擇題目
- 問卷預試——鑑別度考驗、信度與效度考驗、選擇題目

☞資料蒐集

- 量化研究：問卷正式施測、資料統計與討論分析
- 質性研究：訪談、觀察、文件檔案分析——理解、描述、分析、詮釋

☞學位論文口試

- 每年一月底與七月底之前考試
- 考試三週前提出申請

☞論文計畫發表與學位論文口試之相隔的時間（依各校的規定調整）

- 博士班：六個月
- 碩士班：三至四個月

柒 在壓力中成長，在成長中解壓：
最有意義的心理建設

　　「我覺得做研究是件痛苦的事」、「我覺得壓力很大」、「我每天都在想論文，題目都沒辦法決定，常常半夜起來就睡不著」等等，是許多研究者或學生常有的現象。我除了告訴他們，暫時放下身邊的事務，放空自己一小段時間紓解壓力外，我也會用「在壓力中成長，在成長中解壓」與學生相互期勉。

　　「在壓力中成長，在成長中解壓」是我與陳世聰校長（國立屏東教育大學教育行政研究兼任助理教授）在談到學校經營管理的心路歷程時，我們的一致性共識。我認為這是我們生活中的一種正面思考，它不僅可用於組織領導者的經營管理思維與實務操作，亦可運用於日常生活中，更可用於學術研究與論文的寫作上。

　　許多學術研究與論文寫作的過程，通常都是歷經長期的苦思，以及不斷的遭遇困境、嘗試錯誤，以及解決問題的歷程。假如挫折容忍力不夠，無法承受壓力，則容易使研究半途而廢。因此，如何化解壓力，同時也使自我精進學習成長，是每位研究者所必備的，而且是最有意義的心理建設。

捌 心中要有策略規劃的思維與架構：
知道你真正要做什麼

　　策略是一種方向性，達成目標導向的系統性思維，以及進行規劃、提出計畫，並執行計畫方案的全面性、持續性歷程與作為。而策略規劃係從解決組織問題開始，強調從策略性的系統思考切入，重視組織成員之間的互動、對話，歷經規劃行動方案，將方案轉化為執行力的決策與行動歷程。在策略領導與規劃的過程中，校長須將策略思考轉化為具體的操作性方案，並付諸執行，也要與學校組織內外環境的相關人員互動磨合與對話（張慶勳，2008）。這是我在探討校長深耕以學校在地文化的策略領導與規劃的研究中，對「策略」與「策略規劃」的概念與界定。

　　我們也可以將這些概念用在研究與寫作上。例如，你可以對你的研究依文獻基礎與研究的價值性、可行性、發展性等，提出你的策略性思維，以作為研究的未來導引方向。其次，將策略思考轉化為具體的規劃、提出操作性的計畫或方案，並付諸執行，同時也要和師友共同討論、互動與對話，俾使研究與寫作順利進行。據此，建議你可依以下的策略步驟規劃進行研究：

1. 策略性思考與規劃（為計畫做好基礎工作：知道什麼是你最亟需解決的問題）。
2. 瞭解你自己的脈絡背景與內外條件。
3. 以各種可用的工具蒐集相關資訊，進行分析與做決定。
4. 確立你的遠景、價值與目標，以及運作的機制（如人力、資源、研究時程、支持系統等的整體性機制）。
5. 提出行動規劃的方案。
6. 將行動規劃的方案付諸執行。
7. 繼續維持計畫方案的執行與回饋。

　　每一個人在心中都要有策略規劃的思維與架構，知道你真正要做什麼才能持之以恆。但最重要的仍是必須將策略思考、策略規劃與執行力相互融合，才能達成既定目的。

✍參考文獻

張慶勳（2008）。《學校在地文化深耕的策略領導與規劃案例故事》。2008.05.30-31發表於策略規劃與教育改革國際學術研討會。臺北：淡江大學。

玖 要說服他人之前先要說服自己：為自己的論文定位

不論從人生的生涯規劃，或是研究與論文寫作而言，自我定位攸關未來的發展方向。所以在提出未來生涯規劃或研究的發展與用途之前，首先要自我瞭解、自我定位，說服自己為什麼要這樣做，這樣才能提出說服他人的生涯規劃與研究方向。

茲以研究及論文寫作為例，提出研究者對於研究目的之自我定位的思維，而如此的思維亦將呈現出不同的樣貌與發展方向。例如：

1. 當你的研究目的是要解決研究場域的問題時

當你的研究目的是要解決研究場域的問題時，你會以行動研究的取向，經由不斷的省思、回饋與循環，並在不斷的修改解決問題的策略過程中，試圖或達成解決現場的問題。通常在教育現場的班級經營、精進教師教學策略、提升學生學習成就，或是學生行為的問題上，會運用行動研究的策略。

2. 當你的研究目的是要詮釋意義時

當你的研究目的是要詮釋意義時，你會以訪談、觀察或文件檔案分析的質性研究取向進行研究。這時候你會從研究個案所蒐集的資料經由「理解、描述、分析、詮釋」的階段，依研究目的詮釋研究個案生命故事的意義（如組織文化的意義、生命故事的意義等）。

3. 當你的研究目的是要瞭解現況時

當你的研究目的是要瞭解現況時，你會以調查的研究方法（如問卷調查）蒐集資料，並以簡單的描述性統計（如平均數、標準差）呈現調查結果，再經分析與討論後，解釋所調查結果的現象。

4. 當你的研究目的是要建立理論時

當你的研究目的是要建立理論時，你會以質性研究的「扎根」觀點與策略，以研究場域現場的資料，不斷的提取其關鍵點，並經由分析與詮釋的過程，萃取其關鍵精華所在，其後再不斷的概念化，而最後則在建立一套詮釋某一事項的有系統論述。

5. 當你的研究目的是要提供應用時

當你的研究目的是要提供應用時，你的研究會是以量化研究為主，強調研究結果的推廣與應用。因此，你必須深入瞭解量化研究的學理基礎，有紮實的研究設計及其實施過程，並將研究結果有合理的解釋與推論，如此才能在研究上有其應用性的價值。

6. 當你的研究目的是要做好一個研究時

當你的研究目的是要做好一個研究時，就必須考量該研究是否具有學術上的研究水準，如方法論的論述基礎與研究方法的可行性是否具有創新性價值、研究結果是否具有應用性等。也就是說，一個好的研究應兼具理論、研究與實務融合的特性。

7. 當你的研究目的是要建立前導性研究時

當你的研究目的是要建立前導性研究時，要特別將前導性研究與後續研究之間的理論基礎、研究設計與實施過程，以及進一步待解決的問題予以相互融合。但在前導性研究中，不宜對後續研究有「預設立場」的現象，而是要以前導性研究為主要的脈絡軌跡，繼續進行下一步的後續研究。

8. 當你的研究目的只是要完成學位時

當你的研究目的只是要完成學位時，你可能就已打破前述的各種假設情況，因為你要「趕著」畢業，只能在極短的兩、三年內「寫完論文」就好，因此，在未能「寫好論文」的時間壓迫之下，就無法顯現研究的水準。即使將來畢業後，這篇論文也就無用了。

以上的各種論述都與你的自我信念與價值有關，因為從你的信

念與價值哲思為根源，將導引出你的作為，並影響到你的未來發展方向。所以要說服他人之前先要說服自己：為自己的論文定位。

🖘說明

本節所述隱含以下的意涵：

1. 個人的信念與價值觀是導引研究者進行研究與寫作的哲思根源，這也攸關你對自我的責任與期許，並與你的人格特質有關。

2. 研究與寫作宜先有研究目的，再依研究脈絡軌跡決定研究方法。

3. 從「建立理論」與「提供應用」的研究目的而言，隱含研究中有關「質性研究」與「量化研究」，或「理論性研究」與「應用性研究」的討論。

4. 建議讀者可進一步閱讀一般研究法之相關論述，將更瞭解研究的分類與各種研究法的用途。

拾　從研究與寫作中可見到你的人格特質

不知你是否能體會出研究、寫作與你的人格特質有著微妙的關係。在過去與學生互動的歷程中，我發現到：

一位追求完美主義者，會字字斟酌，連標點符號也不放過。研究態度小心翼翼，文獻探討的基本功做得很踏實，研究方法也力求完美。他們會時常主動與指導教授討論，而且大多能依照既定的進度完成學位。雖然如此，他們較不能把自己解放，因而無法紓解壓力，以至於長期處於焦慮的狀態。

一位有毅力者，會彰顯其堅持與韌性，能試圖以其他方法克服困境，並另闢新境，一直往前走，直到終點。因為他們認為這是一種挑戰，也是個人重要的學習成長歷程。

一位多愁善感型者，常常帶有不安全感的現象，他們有一種凡是大小事情都要問到清楚明白的強迫性格，即使是已經知道且決定要如何進行下一步驟的方法或方向時，也要與指導教授再三地確認（例如，他們最常問的一句話是：「這樣做可以嗎」或是「不知道可不可以」等），然後才敢大膽的往前走。雖然如此，他們還是邊做邊擔心憂慮，內心總是沒有把握，缺乏讓自己安定的思維。

具有獨立精神的研究生，可能不會常常與指導教授聯絡，但他們會依照自己的規劃進度進行研究與寫作。當他們將論文的文本呈現出來時，可能已經做到即將完成的階段，但也可能研究方法與方向錯誤、撰寫體例與編輯格式有誤，或可能須重新改寫。假如他們的主觀性較強時，就很難接受修改的建議，甚且會與你辯論其他類似研究有同樣的寫法，或某一文獻也有如此說法等的論述。假如他們較懂得反思時，則較會接受指導教授的建議，也能互相討論，順利完成學位。

團體合作型的研究生，習慣以小組的方式，以及以協同合作方

式進行研究與寫作。他們會依照進度，彼此互相討論、勉勵、行動一致性。而有些指導教授也會以小組的方式指導學生，讓他們共同完成學位。

善用零碎時間者，常是那些身兼數職，以及有正面思考的研究者。雖然他們看似很忙，但總是屬於最有效率的那一群。因為他們會衡量輕重緩急，知道什麼時候該做什麼事，能善用時間，隨時調整自己，適應力強，且處事具有彈性，不會使自己拘泥於某一困境（我稱之為「隨時換擋」）；也就是能隨時改善自己的心智模式，以及有擴散性的思考，以解決所面臨的問題。同時，他們也是容易相處的一群，是積極樂觀的工作夥伴。

找藉口說自己因「忙與盲」，以致未能如期完成研究與寫作，似乎是一種看似合理的理由化藉口。他們會將人類的「惰性」與「慣性」視為天生的最好理由之一，認為那是理所當然的特性，所以就將研究擺在一邊，不知何年何月才能完成論文寫作。有許多人就是因為這樣，在沒有研究進度的情況下，常有所謂「不好意思」或「無顏見江東父老」，或「不敢見老師」的心態，而與指導教授斷了線。

在論文寫作的編輯格式方面，除了既定的論文組織架構鋪陳與寫作格式外（例如論文章節的排序與參考書目的寫法等），研究者的人格特質也彰顯在論文的寫作風格上。例如，個性拘謹的人，論文文本顯現文句結構與字詞完整，是屬於較為「硬性」的（但學術論文的論述是需要如此的）；歷經各種人生經驗且身兼多種職務者，較能寫出具有感情以及「軟性」的文章；個性急躁或思考脈絡屬於跳躍式者，所寫的論文常是屬於堆積式，且是不連貫的文字段落；常「碎碎唸」的人，文句則會有重複以及堆積的現象。而量化研究與質性研究的寫作，則各有其不同的論文結構與文本風格的要求，研究者須自己判斷考量自己的人格特質與寫作風格，才能順利寫出「屬於研究者自己的研究與論文」。

看到這裡，不知你是屬於哪一類型的研究者，你的寫作風格

又是如何。或許你可能兼具幾種特質，雖然「江山易改，本性難移」，但仍應回歸研究與論文寫作的本質，合乎學術研究的要求。不論如何，期盼你能靜下心來再思考後，重新出發，做出屬於你自己的最佳選擇。

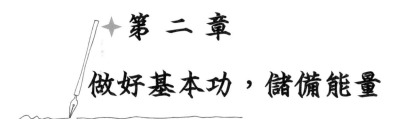

第 二 章
做好基本功，儲備能量

壹 研究與寫作的基本學科知能

從事研究與寫作至少應有下列幾項的基本學科知能：

一、研究主題的相關文獻探討（或回顧）與學理基礎

研究主題的相關文獻探討（或回顧）與學理基礎是研究與寫作的基本功，研究者須用相當長的時間蒐集與閱讀文獻，並加以消化及整理後，提出為何要進行所要研究主題的論述基礎。

研究者在進行文獻探討（或回顧）與學理基礎的綜合評析之後，可建構出理論的模型、提出研究假設，進而以之導引至研究的設計與實施，最後再經由蒐集資料的分析後驗證假設。除此之外，不論是量化研究結果的分析與討論，或是質性研究的分析與詮釋，研究者都須針對所蒐集到的資料進行分析、討論、詮釋，並且與文獻對話，致使研究能兼融理論、研究與實務的特性。

二、研究方法論與研究方法

不論從研究的基礎性或應用性，抑或研究是奠基於理論基礎，或依經驗法則從情境現場域以進行研究的分析，理論、研究與實務三者都是密不可分的共生體。而在此共生體中，研究者須以其誠於中的研究專業素養與態度，將形而上的哲思（如研究派典、方法論

及理論基礎）與形而下的研究方法技術予以融合進行研究，以發揮研究的功能。因此，研究者必須具備有關研究本質、學理、基本原則及型態的邏輯與理論觀點，也要能熟悉諸如調查、訪談與觀察等研究技術，如此才能兼融研究方法論的反省思考與研究方法實踐的不同層面（參閱張慶勳，2005，頁1-29）。

三、社會科學統計（含統計軟體與運用）

在量化研究方面，研究者通常需要運用統計的概念與透過電腦軟體的操作，將所蒐集的資料呈現研究結果，並加以分析、討論與解釋，讓數字意義化而達成研究目的。因此，在這過程中，研究者必須具備達成研究目的所需要運用的社會科學統計概念，以及知道要用哪種統計方法（也就是統計的概念與適用時機）；其次則是要熟悉如何操作電腦與軟體，以利達成研究目的。

茲舉例說明之：假如你要瞭解學校不同性別的教師對國小三年級學生實施外語教學的看法是否有顯著性差異時，就要先分析男女性別教師係屬於兩個不同的組別，而要檢驗不同兩組平均數之間的顯著性差異時，要用t考驗予以檢驗。所以你要對t考驗的統計概念與其適用時機瞭解後，才能依據研究目的決定使用哪種研究方法。

依前述例子，研究者須先瞭解各種統計的基本概念與其適用時機，然後再依研究目的決定運用哪種統計方法。但更重要的是，研究者須靈活運用統計概念與研究實際場域之間的關係。例如，雖然t考驗是用來考驗兩組平均數之間是否有性別差異，但研究者則須活用「兩組平均數」──可涵括各種諸如性別、兩個班級、兩群不同的受試者等的實際情景。因為研究者若能將統計予以生活化，才能活用統計，並能使統計結果的數字意義化。

四、量的資料蒐集與分析

茲以問卷調查法說明如何進行量的資料蒐集與分析。假如你要運用問卷調查的方法蒐集資料，必須有下列的基本步驟：

▶*步驟1*

先蒐集與閱讀、分析文獻，提出研究假設。

▶*步驟2*

根據文獻分析結果，研擬問卷題目初稿，經由專家內容效度的評析（有些研究者未經此階段），選擇預試樣本預試後，檢驗問卷的信度與效度，而後編製成正式問卷。

▶*步驟3*

選擇正式問卷施測的樣本進行施測，再將所蒐集的資料經由統計分析、討論與解釋，使統計結果的數字意義化。

五、質的資料蒐集與分析

質的資料蒐集與分析主要係經由訪談、觀察及文件檔案分析的方法，以及運用「扎根理論」（grounded theory）將蒐集到的資料進行編碼分析的策略，以達成「讓資料說話」的精髓。而研究者對所蒐集資料的「理解、描述、分析、詮釋」，則是質性研究的主要階段。

據此，研究與寫作的基本學科知能要從文獻新的基本功開始，其次要熟悉量化與質性研究的方法論基礎和相關的研究方法。而這些基本知能則須靠研究者經年累月的「扎根」奠基，始能開花結果。

參考文獻

張慶勳（2005）。教育研究方法：理論、研究與實際的融合。《屏東教育大學學報》，23，1-29。

理論、研究與實務相互融合成為最佳組合

　　任何一個研究都與生活密不可分，因為我們可從生活場域中，經由研究發現問題、解決問題，也藉由學理的理論基礎導引出研究的方法或方向。一位研究者若能將研究與理論、實務相互融合，則會是最佳的組合。

　　茲摘錄個人一篇有關「教育研究方法：理論、研究與實際的融合」之文章於後，你可以從這些論述中得知理論、研究與實務相互融合的重要性。

　　理論、研究與實際三者是教育研究密不可分的共生體。教育研究過程是一個研究環。教育研究的過程係派典、方法論、研究方法與教育情境脈絡的融合。教育研究者須以其誠於中的研究專業素養與態度，將研究派典、方法論及理論基礎等形而上的哲思與形而下的研究方法技術予以融合，並在「派典－方法論－理論－研究」的脈絡系統中進行研究，以發揮教育研究的功能。

　　Kerlinger對理論一詞有較為綜合性的界定，認為「理論是一組相互關聯的概念、假定或通則，以有系統地描述和解釋行為」（Hoy & Miskel, 2001, p. 3）。意即理論係用以解釋、預測事件的發生與演變，使經驗世界產生主觀的意義，使理念表現於客觀實在界。理論是由若干或一組概念或構念的組合形成的。若干概念或依一定關係排列，或形成相互的關係或導致因果的關係，便形成理論（林生傳，2003，頁55）。

　　就理論與研究的關係而言，理論為經驗性的研究提供方向，以產生新的知識，並作為理性的行動指導。同時理論也經由驗證假設及研究而獲得改善與修正（Hoy & Miskel, 2001, pp. 6-8）。

　　就理論與實際情境的關係而言，當理論經由研究發現，而運用於個人的行動時，理論就與實際相互融合（Hoy & Miskel, 2001, p. 36），且理論可指引行政的決定（Hoy & Miskel, 2001, p. 9）。如同研究本身就是生活，生活本身也足以作為研究（周德禎，2001，頁20），理論並不只是學術的建構，我們可以從每天生活裡的平常思維中發現知識（Riessman, 1993, p. 23）。教育理論必須顧及教育活動的特質，否則教育理論就不能成立。但昭偉（1994，頁196）亦持類似的看法，其認為教育理論工作者在建構理論時疏忽了教育活動的特質，那麼以協助教育活動圓滿合理進行為宗旨的教育理論是不可能形成的。如果有此缺陷存在，則教育理論與實際教育活動產生一道不可跨越的鴻溝。如此想以教育理論來協助教育活動的進行是一件不可能的事。

　　其次，從研究的功能予以分析，基礎性研究旨在徵驗假設，以建立學理；研究現象的關係，以理解其真相。基礎研究也常常用來驗證一種理論，或修正或推論一種理論，以形成一種理論，使更為接近真理（林生傳，2003，頁32-33）。

　　另一種屬應用性研究，則以任務研究為取向，其目的在考驗科學理論在特定領域的可用性；決定在某一實際工作領域內各種變因的徵驗關係。透過應用研究，可以為某一實際生活或專業領域，提供解決問題的方法或技術（林生傳，2003，頁33）。

誠如Hoy & Miskel（1987, p. 29）曾歸納指出，理論、研究與實際三者具有共生關係（symbiosis）。且他們（Hoy & Miskel, 2001, p. 36）後來進一步以理性、自然及開放系統的理論，探討教育行政的理論、研究與實際的關係，同時也將學校視為一開放性的社會系統予以分析。我們可從上述理論的界定、研究的功能，及其與研究及實際的關係中，瞭解理論、研究與實際三者是一不可分的共生體。

參考文獻

張慶勳（2005）。教育研究方法：理論、研究與實際的融合。《屏東教育大學學報》，23，1-29。

參 量化與質性研究的知能與方法都不要偏廢

　　我在「先確定研究目的／主題／焦點後，再決定研究方法」主題中，建議研究者心中不要有預設立場，應該先從認知與瞭解量化研究與質性研究之使用時機與特性，建構紮實的基本功，並且在確定研究目的／主題／焦點後，再決定研究方法。因此，研究者必須先對量化與質性研究有所瞭解後，才能決定採用哪種研究方法。

　　事實上，要選擇哪種研究方法是受到你對於研究典範的理解，以及所具有的世界觀所導引和影響。所以，研究者對量化與質性研究的知能與方法都不能偏廢，才能做好選擇適當研究方法的工作。

　　茲摘錄我所寫的「教育研究方法：理論、研究與實際的融合」文獻，希冀能協助你從研究典範的理解開始，進而藉由對量化與質性研究做簡要的比較，而走入量化與質性研究的領域。

　　派典（paradigm）（或譯典範）一詞始於Kuhn（1962）的《科學革命的結構》一書中所提出的觀念。該書，分別於1970年及1996年再版，全書雖然未對「派典」予以明確界定，但其強調科學社群對科學知識（以物理科學為例）的理論、原理、方法、工具與應用等的瞭解，並形成共同價值、信念、規範之科學基本架構，而成為科學的派典。

　　隨著派典（paradigm）的變遷，及其對研究方法論及研究方法的影響，研究者已從重視量化研究而逐漸重視到質性研究，甚至於產生量化研究與質性研究之間的爭論（楊深坑，1999，頁1-14）。究其原因，乃研究者所植基於派典之間的不同，因而形成對研究方法論及研究方法的差異。事實

上，誠如吳芝儀（2001，譯者序）所指出，質性研究實際上涵蓋了相當多元的派典，各有其本體論、認識論和方法論。而派典的選擇則取決於研究者本身的世界觀，主導了研究者所採用的資料蒐集和分析方法，將研究發現導向其所關注的焦點和脈絡，以產出能達成其特定研究目的之結果。

派典是對思考與研究的邏輯上相關的假定、概念及命題之彙合（Bodgan & Biklen, 1998, p. 22），亦即派典是一種思考方式、研究型態，或是一種研究架構，或是學術模型（吳明清，1991，頁61-63）。派典隱含包羅萬象的途徑，並賦予理論的格式化（formulation）。因此，派典可決定研究的主要目的、問題、變項與研究方法（Gage, 1978, p. 69）。

以社會科學領域而言，教育研究派典導出量與質的研究取向，且其孰先孰後與輕重常引發教育研究者的爭論。

有關量化與質性研究的循環性，Goodnow（1983）曾將研究視為一研究環（如圖2-1），並將研究分成下面四個階段：

第一階段：描述性研究

此一階段旨在透過客觀的量化及將實際分類，並經由歸納思考的過程、評量結果、界定概念之描述性研究方法以完成之。

第二階段：建立理論

在建立理論的階段中，猶如描述性的研究係對結果與分類作主觀詳細的陳述。經由質的分析及歸納思考的過程，而導致對真相具有洞察力的模式。假如此一模式具有表面效度或明顯的真實性（一種「我找到了」的感覺），則此模式即

視為理論。假如理論經由實驗研究無法驗證時，則理論即為不真實且無效，有時如Maslow的需求層次論當作正確的事實而被接受。

第三階段：實驗研究

此一階段在透過實驗研究而考驗理論，典型的實驗研究方法是科學的，並具有微觀或集中某一焦點的觀點。雖然描述性與實驗研究兩者皆具有量的及客觀的性質，但實驗研究在學術界上較受重視。

第四階段：發展原理原則

正確事實而被接受的理論，運用演繹思考的過程整理出成功實際的原理原則。與建立理論相對照，它具有質的及主觀的性質，在發展原則上被批評為著重實效而非理論性的。其目標係在改進事實的真相，而不是塑造事實真相的模式。

當實驗研究驗證理論的實用性不能成立時，研究的四個階段形成了一個環。事實真相必須更確實地描述並塑造成理論，始能由實驗研究予以驗證。因此，實驗研究視為一扇門，用以防止接受不確實的理論，並進一步證實理論以發展出原理原則。

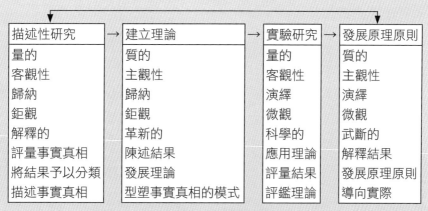

⚘圖2-1　研究環

★資料來源：Goodnow, W. E. (1983). The cycle of research: A call for truce. p. 7

　　誠如林生傳（2003，頁31）所認為量化與質性研究只是程度的區分而已，他說：「量與質的研究真正用之於教育，是連續的；常用的研究方法，並不是非量的即是質的，或者，是質的即非量的；可能各種方法當中，有些方法較偏重量的，有些方法則偏重質的研究，其區分只是一個程度的問題。」

　　量化與質性研究受科學典範影響而有不同的方法論基礎與研究焦點，教育研究者根據不同的派典及方法論而採量化或質性研究。雖然採量化或質性研究都各有其優劣與研究焦點及方法，卻不斷受到爭論，似無停止之跡象。有研究者（林生傳，2003，頁31）依研究方法與研究的應用性予以分析，認為量化與質性研究只是程度的區分而已（亦即是主輔之分）。研究者多年觀察國內博碩士學位論文，不論是採用量化或質性研究者，多數學生常建議於後續性研究中，兼採量化與質性研究，俾能更深入探討研究主題。但是兼採量化與質性研究是否就能更深入探討研究主題，或依研究目的純粹

採用量化或質性研究，就能達成研究目的，值得加以探討。

　　雖然採量化或質性研究都各有其優劣與研究焦點及方法，仍不斷受到爭論，且無停止之跡象。蓋因量化與質性研究受研究典範影響而有不同的方法論基礎與研究焦點，教育研究者根據不同的派典及方法論而採量化或質性研究。從教育研究的形而上哲思與形而下方法技術的融合，及量化或質性研究的研究切入點予以分析，教育研究過程是一個研究環。

⌂參考文獻

張慶勳（2005）。教育研究方法：理論、研究與實際的融合。《屏東教育大學學報》，23，1-29。

Kuhn, T. S. (1996). *The structure of scientific revolution* (3rd ed.). Chicago: The University of Chicago.

肆 先確定研究目的／主題／焦點後，再決定研究方法

常聽到學生說，我要做量化的研究，或我要做質性的研究時，我會思考為什麼他們會有如此的期望。我歸納出下列兩個主要的原因：

一、對研究方法的偏好，並已做好充分的準備

有些研究者確實對某種研究方法具有獨特的喜好，自認為具有某一研究方法的研究能力。他們或許對統計數字的運算與數字意義的解釋情有獨鍾，意欲用測量的方式預測人類的社會行為；或許意欲探究分析與詮釋隱含在人類社會現象與行為背後的意義，他們認為在「貼近人」的互動過程中，才能真正攫取並詮釋人類社會現象與行為的深層意義。不論採取哪種研究途徑，都各有其所支持的意義與價值性。

二、非此即比的想法

常有學生說：「我統計不好，所以要做質性研究」，或「我的文筆不好，所以要做量化研究」。也就是他們在量化研究與質性研究之間做出二選一的選擇，但他們卻常未能將該二種研究途徑先予認知瞭解，就決定要採取某種研究了。因為他們常常未能將所要使用的研究方法做有效的準備，所以研究過程是極為辛苦的。

在此。我要建議研究者心中不要有預設立場，應該先從認知與瞭解量化研究與質性研究之使用時機與特性，有紮實的基本功，先確定研究目的／主題／焦點後，再決定研究方法。

伍 閱讀與消化文獻是研究與寫作的基本功

在進行研究之前或過程中，閱讀與消化文獻是研究與寫作的基本功。假如研究者能將文獻探討審慎且嚴謹地呈現出來，則必能對所研究的問題加深瞭解，也能幫助瞭解過去所研究的結果。但假如不能將文獻好好地加以探討，則難以對所研究的主題建立一個可接受的知識架構。因為文獻探討可以幫助研究者：(1)界定或發展新的研究問題；(2)將研究建立在先前研究的基礎上；(3)避免無意義的及不必要的重複研究；(4)選擇更適當的研究設計與實施；(5)與先前研究發現相互比較，並從事進一步的研究。

不論多麼艱辛、需要用多少時間、採用量化研究或質性研究，研究者一定要「進入」且「融入」其中，經由長期蒐集文獻與閱讀消化後，導引出所要研究的理論架構或模型，然後提出研究假設，進行資料的蒐集與分析。即使在質性研究方面也是需要以所蒐集資料與文獻對話，才能做好資料的分析與詮釋。

♫參考文獻

張慶勳（2010）。《論文寫作手冊》（增訂四版一刷）。臺北：心理。該書第三章「論文寫作的方法與步驟」有關「文獻探討的寫法」，以及第五章「蒐集文獻的方法與步驟」。

陸 蒐集與消化文獻同時並進

　　雖然閱讀與消化文獻是研究與寫作的基本功，但大多數研究者卻未能「盡情享受」閱讀文獻的樂趣。只因為它所用的時間太長，既艱辛又孤獨。但如能將文獻予以消化吸收，必定能從其中得到意想不到的收穫，甚至於會讓你深入瞭解所研究主題的脈絡，以及引發更多且有意義的研究題材。

　　我衷心的建議，任何研究都要有文獻做為研究的架構基礎，隨時隨地把握時間蒐集相關的文獻。你可以運用個人電腦或圖書館使用線上查詢的方法，或是在日常生活中，與任何人的對話過程，都可得到一些啟示或靈感，進而引發你去尋找研究的題材。

　　依研究與寫作的經驗顯示，蒐集與消化文獻在研究之前或過程中，都隨時需要同時並進。假如你沒有文獻做為基礎，便無法導引出有價值的研究主題；沒有足夠的文獻也不能幫助你對於研究結果的分析與討論。因此，現在就去規劃進行文獻的蒐集吧！

第 三 章
跨出第一步，勇往直前

壹 提筆寫作那一刻的體會最值得

很多研究者或學生一直無法提筆寫作，依我的經驗，其原因可概略分為以下幾種情況：

1. 因為找不出時間寫。
2. 所蒐集的資料不夠，因此沒有題材可寫。
3. 即使資料豐富，但沒有經過吸收消化，抓不到重點，所以無從下筆。
4. 雖然有一些資料的整理重點，但又因為有不確定感，進而也不知如何寫起。
5. 藉口沒有一個讓自己覺得舒適的寫作環境，如嘈雜、沒有適當的桌椅等。

除了上述的情況外，當然還有其他你可以說出的理由，使得你一直拖延下去。無論如何，在此建議你「一定要」提筆寫下來，即使是一個字或一個想法，或是一段簡單的摘錄或摘要，你都要寫下來。不要再說，我沒有較集中的時間，因為這是你不會運用零碎時間；也不要再說，我沒有好的桌椅，因為你不能隨遇而安，隨時調適自己，適應環境；或是太多的雜事，無法隨時「變換跑道」（以上的各種現象，也可以看出你的人格特質與做事方法，是那麼的僵化沒有彈性，當然也就無法改善心智模式，超越自我了）。

　　當提筆寫作時，你的思考會隨著所寫字句不斷的重組，進而隨之架構出你的思維脈絡。也只有在這個「時刻」，你才真正知道要如何進行規劃下一步的工作。所以，請不要再猶疑，找個只要可寫字的地方，拿起一張不完整的紙張，記下你現在的想法，將會讓你有意想不到的收穫與成就。試試看，提筆寫作那一刻的體會最值得，不要再找理由當藉口。

貳 一開始就要把論文文本的編輯格式敲定

論文文本的架構鋪陳與編輯格式是論文的骨架，研究者須依循此一骨架有脈絡性地撰寫論文，以免因不斷地修改架構鋪陳與編輯格式而浪費太多的時間。有關論文寫作的編輯格式分成兩部分說明如下。

一、論文文本章節的編排方面

一般而言，量化研究的章節較為制式化，例如，從第一章開始可依緒論、文獻探討、研究設計與實施、研究結果分析與討論、結論與建議、參考書目、附錄等排序。質性研究則可依研究者的寫作風格、研究目的，以及所蒐集資料的分析與詮釋，而有脈絡性的鋪陳論文文本的架構。不論是量化研究或是質性研究，論文文本的骨架與內容的寫作風格都要具有脈絡性，以及前後一致性的特徵。

二、論文文本的編輯格式方面

論文文本的編輯格式是較為細微，但也是研究者需要花費更多時間的部分，此部分主要包含諸如標點符號、縮寫、數字、圖表、內文引用文獻，以及參考書目的寫法等。由於各學門領域、期刊編輯、學校學位論文，或學術研討會，對所屬論文的文本編輯格式有不同的規定，所以，研究者須依論文的性質與規定，而調整編輯格式。

為使論文寫作能順利進行，而避免浪費時間，建議研究者一開始就要把論文文本的架構鋪陳與編輯格式先搞定。我認為這也是一種時間管理的策略，現在就去試試看。

參 隨時做好參考文獻的編排與系統化整理

一開始在蒐集資料的過程中，就能將所參考的文獻做好系統化的整理，是論文寫作的時間管理策略。假如未能做好參考文獻的整理，將會再花費比蒐集文獻更多倍的時間去重新整理與歸納。

做好參考文獻的整理，依序可包含下列幾個要項：

一、必須先學會如何利用電子資料庫蒐集資料

「工欲善其事，必先利其器」是眾人皆知的道理，所以你必須先要知道有哪些是你可以使用的資料庫，並學會如何有效利用電子資料庫蒐集資料。其次，你可從各校圖書館進入相關網站，將有各種中英文與不同類別學門的資料庫可供查詢。例如，在中文教育的資料庫中有：臺灣教育長期追蹤料庫、教育論文全文索引資料庫、國家圖書館全國博碩士論文資訊網等。英文教育的資料庫中可從各校圖書館進入EBSCO Publishing Service Selection Pager進入搜尋，或從教育資源資訊教育中心資料庫（Education Resource Information Center; ERIC）、ProQuest 數位化博碩士論文資料庫等，都可查詢到相關的資料。當然還有更多的資料庫可在圖書館線上系統中蒐集，假如你要進行更高階的查詢或依某種特殊目的（如從期刊看全文）蒐集資料時，也有其他管道可以達成你的目標。

二、以研究主題的關鍵字，透過電子資料庫搜尋系統，有效蒐集資料

當你隨時「想到」、「確定」研究方向或主題時，就可利用關鍵字透過圖書館的中文或英文電子資料庫搜尋系統，進行資料的蒐集。但在蒐集資料時，要留意主要的關鍵字與其相關變項之間關係的重要字詞。例如，當你以「distributed leadership」為主要的關鍵

字時，可能會蒐集到許多的文獻；但假如你要最近五年，或聚焦在與教學領導有關的資料時，就必須再增列相關的關鍵字，以及最近五年的資料，以縮小並聚焦在研究主題的範圍內。

三、將所蒐集的資料，迅速閱讀並加以篩選後，寫出參考文獻的正確格式

當獲得資料後，閱讀是第一要務。你可先從「摘要」開始看起，其次看「導論」，其次再看「結論」。假如符合你所研究主題的需要，馬上就將該篇資料寫出正確的參考文獻格式，並置於你可以容易提取的檔案中；假如該篇文獻不是你所要的資料，就可予以放棄，重新再找另外的文獻；假如你認為該篇文獻雖然不能馬上使用到，但卻是值得思考或可作為以後使用的資料時，可另外建立一個儲存該資料的「暫時保留檔案」。

由於各學校或系所的學位論文，或期刊、學術研討會對論文文本的編輯格式都各有其規定，因此，研究者必須依論文的性質與其欲投稿的期刊或研討會，而有不同的寫法。

四、將相關主題的文獻以電子檔案歸類或裝訂成冊，以便拿取及參閱

依我個人的經驗，若能將相關主題的文獻以電子檔案歸類或裝訂成冊，將方便日後的取得及參閱。不過這要依個人的習慣做事，假如你習慣以電腦檔案閱讀，就在電腦中建立儲存檔；假如你習慣以書面資料閱讀，則可另外裝訂成冊。但不論是採用哪種方式，以電腦檔案方式建立檔案將可較為永久保存資料，並且是一種較環保的措施。

五、將參考文獻以主題或作者等方式歸類，以便隨時提取

將參考文獻以主題或作者等方式歸類，是另一種建立資料的有效策略，這種方法不僅可幫你瞭解某一研究主題的文獻與相關研

究，同時也可以幫你有效且迅速提取資料。當然你可依作者姓氏筆畫或時間先後順序依序排列，也可以在電腦檔案上以超連結的方式建立管理的系統。所以這也是一種結合資訊技術與知識管理的實際策略運用。

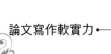 記得有效善用電腦文書處理功能

電腦的基本文書處理功能，可以有效幫助我們做好論文文本的編輯格式工作，如果能善用這些基本的功能，也是有效的時間管理策略，必定可以使你的論文減少錯誤，而能順利進行，早日完成。茲舉出一些實例供參考。

一、當要編排參考書目時

中文參考書目（Reference）〔有些論文以「參考文獻」（Bibliography）稱之〕（請留意：「Reference」與「Bibliography」的區別）的編排，要以作者的姓氏筆畫順序遞增的方式呈現，英文的參考書目則是以作者姓的單字第一個字母，依英文二十六個字母的順序依序排列。處理步驟如下：

中文參考書目的排序步驟依序為：

1. 先將中文參考書目「全選」。
2. 在工具列的「表格」中點選「排序」。
3. 出現「文字排列順序」界面，並在「第一階」中選取「段落」，以及在「類型」中選擇「筆畫」，同時點選「遞增」，最後按「確定」。

英文參考書目的排序步驟與中文參考書目相同。上述的排序步驟與方法，同時也會將同一作者的不同年代出版著作，依不同年代順序遞增排列，或同一年代的文獻也可以依諸如（2008a）及（2008b）等的順序排列。

在「排序」中也有其他的功能，研究者可以依實際需要多加予以運用。

二、當要尋找字句時

　　研究者若要尋找一個名詞或任何字句時，通常須花費許多時間，但效果卻不佳。這時候你可以進入工具列的「編輯」，點選「尋找」後，將會出現「尋找及取代」的界面。你可以在「尋找目標」中輸入要尋找的任何字句，然後依你的需要按「尋找下一筆」，或其他更多的尋找目標。

　　為了檢查內文所引用的文獻是否置入參考書目中，你也可以使用「尋找」的功能。這時候，你可以從內文中開始尋找，也可以從參考書目中回到內文中尋找。因為這一功能可以從文章的第一個字找到最後一個字，同時它也是可以重複尋找的。這個功能可以幫助研究者檢查是否忘了寫參考書目的通病。

三、當要取代字句時

　　假如你要修改錯別字或以另一個字句取代原有的字句時，你可以進入工具列的「編輯」，點選「取代」後，將會出現「尋找及取代」的界面。請在「尋找目標」中輸入原文中的字句（如：瞭解）（這可能是錯誤或你不要的字句），然後在「取代為」的空格內輸入正確的字句（如：暸解）。其次再依需要按下「取代」或「全部取代」，或「尋找下一筆」等。這時電腦畫面上將會出現取代的數量，你也可以繼續處理到整個文本全部取代完成為止。你會發現整個文本將在幾秒鐘內修改錯別字或取代為正確的字句。

　　以上是幾個簡單的電腦文書處理功能，它將有效協助你做好論文寫作，以及有效的時間管理。而其他更多的電腦文書處理尚有待你去使用。

伍 修改與刪減論文次數愈多，你的論文將會愈精緻

　　論文的字數多寡並不代表論文品質的高低，不是因為論文字數愈多，論文的學術性價值就相對的愈高。雖然如此，一般研究者在一開始撰寫論文時，通常是先從資料的堆砌式（或摘要式）寫法，慢慢予以修改刪減後，逐漸形成完整的論文。

　　研究生最捨不得的就是當指導教授告訴他：「你要想辦法從十萬字刪減為兩萬字」時。因為這時候，研究生通常不知從何刪減起，即使要刪減也要花許多時間做重新修改與重整的工作，而這些都要用掉更多的時間才能完成。

　　所有的研究者在撰寫論文的過程中不可避免的，都是從堆砌式（或摘要式）寫法，最後再逐漸的聚焦於研究主題，以及彰顯文字表達意義的精練上。這是一種組織統整的工夫，也是你對研究與論文寫作的態度，更是一種學習成長的機會。

　　從另一角度予以分析，你必須讓論文更為精緻化，因為除了學位論文的字數，各校或指導教授較無硬性規定外，其他如期刊論文與學術研討會的論文都有明確的字數（大多是從10,000～20,000字之間）與編輯格式的要求。在此仍要特別提醒研究生，不要讓你的論文因為文獻探討宛如是在寫教科書，或有太多的圖表，使你的論文字數增加，因而降低了學術性價值。

　　要記住，修改與刪減論文次數愈多，你的論文將會愈精緻。不要捨不得，但要記得存檔，以便他日能再運用得上。

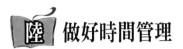 做好時間管理

在「提筆寫作那一刻的體會最值得」中，提到沒有時間寫作是一種理由化的藉口，所以我們須訓練自己擅用零碎時間，隨時轉換跑道，隨時隨地都可寫作。此外，如果有好的時間管理策略，將是有效節省時間的良方。茲提出一些時間管理策略供參考：

1. 心態轉化，有效掌控時間

心智上的僵化與思維的固著是我們面對任何事情的絆腳石，它影響到我們是否能有效掌握時間，以及對事件的觀點。假如這些障礙不能突破，即使有多大的努力也將事倍功半。因此，你必須先確切的認識自己，瞭解你的人格特質，讓心念能因環境的轉變而隨時轉化，朝正確且健康的方向前進。如此不僅能隨時調適自己，也能隨時適應環境，否則永遠將會與時間追逐，不是你去掌控時間。

2. 有效善用電子資訊，做好檔案專案管理的工作

能有效利用電子資訊是迅速有效蒐集資料的最好方法，因此，善用且熟悉電子資訊操作技術，同時能將所蒐集的資料做好「檔案專案管理」的工作，將會幫助你儲存與提取資料。這些資訊技術的運用，即是結合資訊技術、知識管理與專案管理的最佳寫照。

3. 以策略規劃的思維，架構出未來的方向

在「心中要有策略規劃的思維與架構：知道你真正要做什麼」的論述中，我們已知道，假如能對研究與論文寫作有策略性的思考，並做好規劃的行動方案與時程，你將會有一導引的地圖（road map）可依循。這時候，你就會一直穩定的向前走，而不至於迷失方向，枉費時間。

4. 能善用電腦文書處理的功能

假如能善用電腦文書處理的功能，你會節省許多寶貴的時間，同時也會提高論文的品質，減少論文內容的錯誤率。

5. 一開始就把論文的編輯格式搞定

論文的編輯格式是論文的結構骨架，假如能一開始就把論文的編輯格式搞定，你就不必日後再花費太多的時間修改，這也如同上述一樣，可以提高論文的品質，減少論文內容的錯誤率。

茲提供作者一則有關時間管理的做法與心得（我的時間管理是這樣來的）分享各位朋友。

我的時間管理是這樣來的

一、正面思考・樂觀積極

正面思考能讓我們心境平和健康，減少煩惱憂慮；以正面的思考與態度看待周遭的人事物，能避免浪費時間而不知。

二、前瞻未來・策略規劃

我們要以策略性的思考，以及前瞻的視野，規劃出什麼是我們的未來，以及最急迫要做的事是什麼。當我們走在前面且隨時準備好時，不怕任何臨時應急的事，而讓你不知所措。

三、廣結善緣・展現力道

多交不同的朋友，多做一些事，你會從中得到無形的力量，同時也會從做事中，發現許多人事物都是相互關聯且是有脈絡可循的，因此你也會培養組織與統整的能力，而結交

更多的朋友，做更多的事，以及從中理出一條屬於你自己的脈絡軌跡。

四、勤於養生‧動靜皆有

持續有恆做適合你的運動，只會讓你節省時間而不會浪費時間；運動要能「靜功」與「動功」都能兼具，隨時保持身心最佳狀態，將會讓你有更強勁的續航力。

五、隨時換檔‧去做就是

讓自己不要僵化，能隨時適應環境，彈性應變，隨時轉換跑道，能動能靜，做不同的事。

「去做就是了」能讓你在實際行動中，知道如何前進退縮，避免因憂慮空想而浪費時間，也能讓你在實際行動裡重新調整腳步，而有更符合實際的思維與作為。

柒 參加學術研討與投稿是幫助寫作的有利策略：
專業對話‧連結關係

　　做研究與論文寫作是一眾志成城的學習成長歷程，任何一位研究者不可能獨立作戰而能順利完成研究與寫作。因此，與人的專業對話，連結友好關係，是研究與寫作的必要過程。

　　為能讓自己的研究更精進，參加學術研討與投稿是有利的策略與方法。在參與學術研討會時，你不僅可以瞭解各研討會的研討主題與其發展趨勢，也可以在會場中與更多的學術團體或與會夥伴進行專業上的對話。同時你也可能經由與他人的互動，啟發你在學術研究領域或主題的進一步構思，而有助於未來的學術發展。

　　為能投稿期刊，你除了會瞭解各期刊的政策導向與編輯格式的要求外，也會認識各期刊所規定的各期不同主題領域，以及所屬學者專家。此外，也會因為投稿而使你的論文更精緻，並經由審查委員所提供的意見，而提升論文的品質。

　　參加學術研討與投稿以專業對話及連結友好關係，是幫助研究與寫作的有利策略及最佳途徑。

生活周遭的點點滴滴都是論文寫作的題材：
　　培養自己的敏銳度與洞察力

　　許多研究者常說研究題目不好找，事實上也是如此，因為要做好一個兼具學術性與實務應用性的研究確實不容易。雖然如此，研究所要解決的問題，係來自於我們生活的場域，它與我們的生活環境密不可分。所以，我們仍須從生活的場域中去尋找研究的題材。

　　這裡提供一些你生活周遭正在發生，或即將可能發生的現象，讓你思考如何選擇研究與寫作的題材。例如，為了振興產業，拯救國人失業現象，政府擬擴大創造就業機會，行政院提出「振興經濟促進就業政策」，創造33萬個工作機會，而行政院的「國中小增置專長教師方案」，規劃了3,400名巡迴教師與共聘教師；「增置運動專任教練計畫」，則有250名運動專任教練，再加上「加強各級學校閱讀與輔導推廣計畫」中所規劃的9,000名教學助理、輔導助理與圖書館助理等，共有12,000個工作機會。你可以經由這些政府所提出的政策與行動方案中，思考一個政策形成的背景脈絡、政策制定的過程，以及如何落實政策的實施，並檢討政策執行的成效等，而建構你在職場上或各種你可以研究的題材。或許你會藉由學校因少子化的衝擊，所帶來的生源逐年減少，教師人力的量與其因應的問題明顯產生，而以「教師人力需求評估」的角度切入，探討學校聘用教師的需求評估，以及提供政府擬定師資培育政策的參考。其他諸如從「風險評估」或「行銷策略」的角度切入，思考並提出各級學校的進退場機制，進而探討學校的有效經營管理策略。

　　從以上所述，就可發現生活周遭的點點滴滴都是論文寫作的題材，只要我們能隨時關心自己生活周遭的每一個人事物，必定會有意想不到的收穫。因此，我們必須培養自己的敏銳度與洞察力，在工作職場、家庭生活等各方面有所感動，才能靜下心來思考我們所

要做的任何一件事。

　　有了對所發生事件的洞察感知，因而產生了「感動」之後，我們會有「心動」，其次隨之產生「行動」。而此「三動」將伴隨著你，成為從尋找研究題材至完成論文寫作歷程的有力動能。

 論文寫作三人行

「論文寫作三人行」有二個內涵：

一、文章出門之前至少有三人讀過

「文章是自己的最好」是古今文人共通的現象，而依我個人的經驗，有太多的研究者也有同樣的心理，他們認為「我的研究是很有價值與貢獻的」。但文章是供讀者閱讀而不僅是作者獨享，因此，文章出門之前至少應有三人讀過，是較為保險的。為了避免讀者不易閱讀，不瞭解文本的涵義，我所寫的任何一篇文章，都要請學生或同道好友先予閱讀潤飾，然後才送出門。而在文章公開後，所有的錯誤都要由作者負全責。

二、同伴的加油打氣可順利催生論文

「三人行必有我師」是做研究及寫論文的有效利器（也可說是「力氣」）。找幾個同伴好友一起討論，互相鼓勵，或是一起讓指導教授「訓一訓」也好。你會發現，當你正處於沮喪失意時，他們是你最佳的潤滑劑；當你苦無進展，不知如何下筆時，他們是你最得力的助手；當你想要抒發情緒時，他們是你最佳的傾吐對象；當你想要出遊時，他們是你最佳的遊伴。以上的種種，即使是你的親人，有時也無法辦到的。因此，你會發現，當你正在寫作的過程中，或完成論文時，那種革命情感是永生難忘的。

論文寫作最忌獨來獨往，它是理論、研究與實務的融合，是生活化的。因此，論文寫作離不開我們的生活，是要與人分享的。

拾 要培養蒐集資料與統整的組織能力
請從研究與寫作開始

　　要完成一個研究或論文的寫作，必須經過各種諸如研究題目主題的醞釀、規劃、資料的蒐集與分析、撰寫論文等幾個階段。這些階段不僅環環相扣，且是有其脈絡的連結性。而要做好這些工作，也必須具備堅強的毅力和統整組織的能力。

　　我通常會以評鑑中的CIPP（context, input, process, production）模式的精神，詮釋研究與寫作的歷程。例如，當你要尋找研究題材時，必定會以你所處的環境背景脈絡著手，瞭解現有的資源，構思研究的主題（即是「研究目的」），然後再以適當的研究方法，蒐集資料進行分析，最後則將研究結果撰寫成論文。這些過程就如同CIPP模式一樣，是研究者以有系統的思考，從研究主題的脈絡背景，聚焦到研究的主題上。而研究與論文寫作的每一階段，就有賴研究者的統整組織能力，將其統整並聯串起來。

　　不論是量化研究或是質性研究，都強調「聚焦」的概念與作為。例如，量化研究從理論建構研究問題，提出研究假設，並進而蒐集資料以驗證假設，則需要以統整的組織能力，將研究結果予以聚焦，提出有力的結論。在質性研究中，研究者通常需要從許多雜亂無章的資料中去蕪存菁，聚焦到所要研究的主要核心主軸上。所以，量化研究與質性研究都是彰顯你統整組織能力的最佳良方。

　　據此，要培養蒐集資料與統整的組織能力，建議你從研究與寫作開始。

第 四 章

就是這樣做‧展現力道

壹　策略規劃‧架構組織

「凡事豫則立，不豫則廢」，是眾人皆知的道理。我們常說，組織領導者要對組織有策略性思考與規劃，才能有效領導組織。做研究與寫論文何嘗不是如此。為使研究與寫作順利進行，建議你可從以下的方法或步驟著手：

1. 思考你要做的研究主題或方向。
2. 確定從哪些切入點開始。
3. 架構研究流程（或稱為步驟、程序；依研究性質或期刊寫作的差異，而有不同的流程）。
4. 依訂定的研究流程開始行動。
5. 執行行動方案。
6. 執行過程的回饋與省思。
7. 完成研究與寫作。

以上是一般性的研究之寫作策略思考與規劃架構，讀者可依國科會專案研究、學位論文寫作，或投稿期刊，或參加學術研討會等的性質差異，而思考與決定所需要的研究寫作程序，以及論文寫作文本的架構鋪陳與編輯格式，俾利研究之順利進行。

 反思學習・循環回饋

　　反思實踐是現場實務工作者在實際場域中，處理事務、完成既定工作，以及角色扮演上的一種透過行動與思考之間的專業對話過程。經由此一對話的歷程，反思者也不斷的在學習成長，解決問題。

　　研究者在研究與寫作的過程中，藉由不斷的反思學習與循環回饋，構思解決問題的策略，並將理念與實踐予以融合，而有效解決問題，也能學習成長，最後順利完成研究。

　　行動研究的歷程，以及質性研究的研究日誌，是研究者最好的反思學習寫照，研究者經由每天或每次的研究心得，或所發生待解決的問題，思考如何解決的策略，並將策略賦予行動，再視解決問題策略所產生的效果，而決定下一步驟的策略途徑。如此不斷的循環回饋就是一種學習成長的歷程。

　　所有的研究與寫作都是反思學習的循環歷程，是研究者理念與實踐的融合，也是研究者學習成長的最佳契機。

參 建立關係・獲得幫助

　　做學問不是一個人的事，只有集眾人智慧才能有所成果。誠如在「參加學術研討與投稿是幫助寫作的有利策略」以及「論文寫作三人行」的論述中，已提出研究者要有的心理建設。事實上，不論在研究寫作之前，或是在研究寫作的過程中，研究者都要能與人建立友好關係，俾讓研究與寫作更為精進。

　　專業研究社群是所有研究者建立友好關係的最好群體，它提供研究者研究策略及導引方向的指針，是研究的專業典範，也是生活上的朋友。專業的研究社群則可包含：

　1. 同一研究領域的志同道合者。

　2. 跨地區（如不同國家）或機構（如學校）的專業研究者。

　3. 各種專業研究團體（如學會）。

　4. 不同專業領域之間的科際整合社群。

　　研究者要打破心理的防衛，走出心理的象牙塔，與人建立友好關係，就能獲得多方面的幫助。

 **肆 生活平衡•全人思維**

　　欲做好研究與論文寫作，並非整夜埋首於桌前就可達成，一位成功的研究者除了必須懂得研究，更重要的是，也是個懂得生活的人。研究及寫作與生活不可分，更是個人學習成長的指標。例如，Metzger（2006, p. 15）將個人成長界定為：為使個人生活能更具有均衡感與意義，所培育屬於個人的內在各種層面之內涵。同時也從校長的個人成長過程，探討校長的領導與其專業發展之間的均衡意義。而Metzger（2006, pp. 15-16）提出有關個人成長的六個課題，可以供校長專業成長的有用參考。

1. 均衡（balance）

　　均衡生活與工作、專業與個人的生活、知道如何做好時間的管理。

2. 自我實現（self-actualization）

　　有自信、使自己更快樂、處理好自己、充實心靈與自我、具有真誠性、能衡量自我是否已達到既定的成就，以及成為一位具有全方位功能的人。

3. 自我精進（personal improvement）

　　從個人內在自我的成長、重新開始、學習與發展自我。

4. 價值（value）

　　對於個人的信念、所具有的特質、是否正直與對事務的認知能予以澄清其價值，而知道緩急輕重，以及認識我是誰，並能與自我和諧共處，成為真正的自我，

5. 聚焦於內在（inner focus）

　　強調心靈與精神上的內在祥和、生活的意義，以及關注個人的整體性而非外在表象的決定，並與心靈共處。

6. 關係（relationships）

　　能藉由個人的願景而激發領導的作為；對自己的作為能予以省思；能使自己隨時充滿活力；能關照自己的需求也能為他人服務；知道在批判中不傷害他人；能具有自由的心境；能確信掌控生活的步調。

　　由此可知，一位能有生活平衡，並能善用手、腦、身、心、靈，以及全人思維的人，將是個快樂與有效率的研究者。

✍參考文獻

Metzger, C. (2006). *Balancing leadership & personal growth: The school administrator's guide.* Thousand Oaks, California: Corwin.

伍 深耕續航·展現力道

　　我深深體會，做研究與寫論文的過程就是要深耕續航，同時也在展現作者的力道。而我在《校本文化領導的理念與實踐》（2006）的研究中，曾經以「自然力道」提出我的研究省思。這些省思可供參考。茲摘錄文章如下：

> 　　對我而言，本研究的進行是趟追尋生命故事意義與本質的旅程。這一路走來的心路歷程，今就生命故事意義與本質的觀點深入反思，概可以「自然力道」歸結言之。
>
> 　　「自然」係指一切行事順乎生理與心理的需求，以及人與人、人與社會、人與自然關係的自然法則——即是順著自然的「道」而行。這包含個人的小我與社會、自然界的大我。亦即融合小我與大我，而以「實現自我，成就他人」的「老二哲學」，活出生命故事的意義。這是我的工作座右銘，也是一種人生觀。
>
> 　　「力」係指因順道而行所產生出來的「氣」，人因有「力」與「氣」，而能散發出無窮的「力道」與「氣勢」。例如，執行力、學習力、領導力與競爭力，都是因順道而行所產生出來的「自然力道」。個人的生活經驗就在這些「自然力道」中，彰顯出生命故事的意義。
>
> 　　「道」係指順道而行所遵循的方向或道理，它是自然的，不強求的，看似無為，事實上是有為，且須是在個人的修為後，依循自然的道而行。所以能產生足以讓人心服口服的「力道」出來。

★資料來源：張慶勳（2006）。《校本文化領導的理念與實踐》。高雄：復文。頁291-292。

　　研究與寫作的歷程就是經由理念、策略思考與規劃、執行行動方案、研究結果的評析、省思與回饋的循環歷程,是經由深耕強化、堅持續航後,而展現的力道。這種力道也就是研究者的「軟實力」,也是評析論文的切入點(請參閱「論文評析切入點」)。

第五章
做過才知道，原來如此

壹 做了才知道

「做了才知道耶！」這是在學位論文考試，或學生完成研究所學位後，常聽到的一句由衷感言。事實上也是如此，因為完成一篇論文後，才會知道做研究、寫論文就是要經過哪些階段，做哪些事。

有些研究者或研究生常因為要「趕著」畢業，或是不熟悉研究階段中某個程序的做法，而想省略一些步驟。例如，借用他人的問卷，而省略編製問卷的步驟與時間（雖然此一做法並非全然是不對的，有時因研究的必要性，是可以採用他人類似的研究成果），對整個論文的實施過程，就會不完整，而失去一些學習的機會。

做研究是一種學習的過程，建議所有的研究者（尤其是初次做研究者）要有走完做研究、寫論文必經歷程的心理準備，否則你將會有所缺憾。因為，這是你的一種學習態度與做法，是你人生發展的重要階段。它也可協助培養你未來是否具有獨立研究、判斷與做決定的能力；也因為自己有親身體驗過，你才知道研究是這樣進行的，論文是要這樣寫的。同時，也可彰顯你做人處事的態度與認知，更是你人生象徵性意義的重要詮釋。

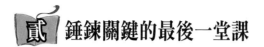

貳 錘鍊關鍵的最後一堂課

　　不論是有經驗的教授，或是初次學習做研究的研究生，都有一個共同的經驗，那就是，做完研究、寫完論文後，才知道研究是怎麼一回事。因此，除了在寫作過程中抱持著學習與勇往直前的氣度之外，克服研究問題的態度便是極需高度修為的工程，而在學位論文考試磨練的這一時刻更要好好的淬煉。

　　學位論文考試這一關，也是研究所的最後一堂課，無論如何，你一定不能忽視。因為，你會得知來自多元角度與觀點的深入評析、建議與期許。就是因為你曾經投入且身歷其境，所以你會：

1. 深深感覺當時我為什麼會無法突破的原因在哪兒。
2. 有一些難以取捨的決定，在此時突然頓悟瞭然。
3. 因為我的執著，或經驗不足，一些無法突破的觀點，今天全部貫通了。
4. 假如一開始，我有做好基本功（如蒐集、閱讀與整理文獻，或確定文本的編輯格式等），就可更為順利進行。
5. 論文寫作不僅是要求「硬實力」（學術研究的水準），也是個人「軟實力」（如學習態度）的彰顯，我是否都做到了。
6. 從這一堂課中，我學到了什麼。
7. 從這一堂課中，我將如何規劃未來。

　　或許你會有更多的體會與感想，期望你好好把握最後一堂課。

完成學位論文考試才是真正做研究的開始

　　做完研究、寫完論文、完成學位後，我們的真正研究才正要開始。因為，我們可以從做研究、寫論文的過程中，訓練蒐集資料、培養組織能力。更確切的說，它是培養我們是否具有獨立思考、判斷與解決問題，以及獨立研究能力的重要起始點。

　　當你完成一篇論文寫作時，是否可以假設一個情境，那就是，「重新再來一次」。這時候，你要從何處切入、如何切入、你的起始點在哪裡等，這些都是你所面臨的挑戰。事實上，不論是初學者或是有經驗的研究者，以上的問題隨時都圍繞在你身邊。

　　雖然如此，並非你的學位論文不是在做研究，完成學位論文的學習過程更勝於研究結果，更重要的考驗是，你如何跨出人生的另一階段，在人生的旅途中，真正獨立進行人生的各種研究之旅。

肆 架構與鋪陳後續性研究

「所有的一切都是循著你我所走過的脈絡／理路不斷地進行中」是我個人的生活經驗，也是我常對學生傳達的一個理念。事實上，我們也可以將此一理念運用在學術研究方面。

後續性研究是研究者學術生命的延展，是對生活場域的持續性關懷，同時也是對所處社會情境的期許與使命。因此，它是展現研究者的堅持力、續航力與生命力的最佳寫照。

通常，後續性研究與以下的脈絡有關：

1. 在論文研究結論之後所提出的建議

根據研究結論提出對該研究的後續性研究（如某一研究議題、研究對象、研究方法等），或在研究中發現某一現象需「進一步」予以探討、分析與詮釋者，都是後續性研究的主要根源之一。

2. 研究議題的系列性研究

此一後續性研究是隨著研究者的背景脈絡，以及研究的持續性，融合研究議題、研究方法、研究對象等，循序逐步發展而成。茲以作者個人在《學校組織文化與領導》（2006）的「序」中所寫的「學習與成長的軌跡」作為例子，以供參考。

學習與成長的軌跡

猶記得我在屏東師範學院五十週年校慶時（1996），曾撰寫「管理技術、領導策略與組織行為的融合」乙文，略述我個人學術研究的心得與發展取向。若延續當時的分法及依研究主題予以區分階段，至目前可將我的學術研究概略分成下列五個發展階段：

階段一：官僚、同僚與政治模式——管理技術的研究

「教育機會均等與學前教育義務化的探討」一文是我第一次發表的文章（1987年刊載於國立高雄師範大學教育學系所出版的《教育文粹》第十六期）。其後，在其他教育期刊及學術研討會發表有關學校組織、管理、領導，及其他諸如教育哲學、教育行政與政策等論文。至目前為止，所發表的論文已將近八十餘篇及專書十本（含本書）。

此一階段最主要的研究主題係我於1989年完成的「師範院校官僚、同僚與政治管理模式之研究」碩士論文，此一研究係綜合組織理論之科學管理（強調效率與目標之達成）、人群關係（強調組織成員需求之滿足與動機之引發），及行為科學（強調組織行為、衝突管理、溝通協調及妥協）的發展，而強調校長領導行為模式與技術的層面，可說是我真正踏入學術研究領域的第一步。

階段二：轉化領導——領導策略的研究

為使學校更具有卓越性及效能，1980年代以後，有關學校校長領導的研究已從校長領導行為模式與技術的層面，進一步探討校長的領導策略及其對學校組織文化的導引，與其所具有的象徵性意義。

有關改變或維持組織文化的組織領導相關研究，極重要且是在教育組織中常被運用與研究者，首推轉化領導（transforming leadership; transformational leadership; transformative leadership）與互易領導（transactional leadership）兩者。1980年代初，我為了將轉化領導及互易領導，透過學校組織文化進而影響學校組織效能，並開啟轉

化領導與互易領導在國內學校情境之研究。個人曾嘗試編製學校情境中轉化領導的問卷（1991），並於中央研究院發表有關「美國學校轉化領導與互易領導的理念及其對我國的啟示」之論文（1992）。其後也陸續發表相關的論著，並在1996年完成「國小校長轉化、互易領導影響學校組織文化特性與組織效能之研究」的博士論文。

此外，我也於1997年出版《學校組織轉化領導研究》（高雄：麗文）一書，除了分析領導的理論與研究的傳統及發展外，並探討分析轉化領導與互易領導的理念及其在學校組織上的運用，其中也探討轉化領導的研究方法論、文獻評析等，此亦為國內第一本探討轉化領導的專書。

階段三：學校組織行為的研究

領導要有效能，除了須兼顧管理技術與領導策略外，領導者尚須將管理技術及領導策略與組織中的成員、團體及組織間的互動予以融合。因此，個人於1996年出版首由國人自撰的《學校組織行為》（臺北：五南）專書，探討學校成員個人行為、團體行為，及個人、團體與學校組織間的互動，並研究學校組織體系、運作過程，學校組織與外在環境交互作用，及變革發展等的議題。

階段四：學校組織文化與校長領導的系列研究

以上係個人以官僚、同僚、政治模式及轉化領導的研究，代表個人從「管理技術」發展至「領導策略」的主要發展取向及階段。學校組織的領導者若能以「組織行為」的觀點，統合「管理技術」與「領導策略」兩大領域，則會使學校組織領導者更具有效能。這將是個人所要進一步研究發展

的方向。

　　基於個人研究主題的延續性與研究方法的運用，並為更深入探討學校組織文化與校長領導的相關問題與其所隱含的意義。又因學校組織文化是組織成員知與行的結合、學校組織文化是影響組織成員行為的一股強勢力量、學校組織成員的行為源自於對組織文化象徵性符號的詮釋、組織的價值觀反映在組織文化與校長的領導上，及校長角色與領導的蛻變等所彰顯的學校組織文化與校長領導關係的密切性，而進一步引發個人從事學校組織文化與校長領導相關議題的研究。

　　在學校組織文化與校長領導相關議題的研究方面，個人研究的焦點包括對學校組織文化研究方法的評析（2003a，頁1-40）；校長的角色、理念與實踐（2001a）；學習型學校組織文化與領導的探討（2001b，頁29-41）；從學校組織文化變革與發展階段的特徵，探討校長的領導焦點（2002a）；或研究校長形塑學校組織文化的領導策略（2002b）；探討教育改革背景之下，學校組織文化與社會系統的融合（2002c）；校長領導風格與行為的特徵（2004a，頁1-38）。亦有針對個別學校的校長，探討校長的教育／辦學理念，及其如何形塑學校組織文化的領導策略（2003b，頁6-14），或以其生命故事為主題進行研究（2004b），同時也探討策略與執行力在學校組織文化中的運用與重要性（2004c，頁3-16）。並延續上述前導系列的相關研究，而提出「校本文化領導」的理念，及其實踐的實例，且特別強調校長以學校在地思考為切入點，兼採轉化領導、魅力領導、願景領導及符號領導的校本文化領導策略，是校長領導的重要取向，亦為學校組織文化與校長領導理論、研究與實務的重要指標（2003c，頁

36-48）。

階段五：校長的生命故事與其學校領導敘說分析的研究

　　綜合學校組織文化與校長領導的前導系列相關研究，以及學校組織文化研究方法論的相關議題後，個人期能融合理論、研究與實際，並在研究方法論方面能導入適當可行的研究方法。因此我（2005）最近完成一項「校本文化領導的理念與實踐：一位國小初任校長的個案研究」（高雄：復文）。該研究係屬學校初任校長的生命故事與其學校領導敘說分析的個案研究，旨在探討一位國小初任校長的成長與學習過程，及其個人生命歷程中的各種生涯發展階段的成長軌跡，以進一步分析與詮釋該校長個人的思維與行為，及其形塑學校組織文化與領導策略的相關議題。

　　對我而言，一路走來，進行該研究不僅是我在學術研究生命的突破與轉捩點，同時也是我追尋生命故事意義與本質性探索之旅。這一趟成長與蛻變的生命軌跡，是經過不斷的尋覓、探索、定錨、啟航之後，再歷經探尋中勇往直前的旅程。

　　此亦是個人能將學校組織文化與校長領導的研究心得彙集成本書的原因與動力，至此亦表示學校組織文化與校長領導的研究是個人學術研究的另一發展階段的開始。

★資料來源：張慶勳（2006）。《學校組織文化與領導》。臺北：五南。序。

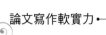

伍 研究成果的應用與發展

衡量或評鑑論文的重點不同，其切入點也會有差異（請參考「論文評析的切入點」）。一般論文的評論者會從論文的學術性價值與其研究結果的實務應用性予以評論，而研究成果的應用與發展，即是評析研究的重要指標之一。

在研究成果的應用與發展方面，可以從研究的結論與建議中得知。例如，對政府單位提出改善環境品質的具體方案，或將研究成果應用在教師教學策略上等的具體做法。不論是對政府、團體或個人的任何建議，都要有所依據（例如，論文的分析與結論），並提出具體可行的行動方案與實施步驟，才能據以應用與實施。此外，研究成果是否能在地應用，是衡量論文實用性價值的重要指標，假如研究成果無法應用於研究場域中，將是研究的一項嚴重缺憾（這也是我們所強調的，要兼顧並融合理論、研究與實務的理由了）。

隨著論文研究成果的在地應用性與進行，可能會產生新的問題而需要予以解決，在此同時，研究者與應用的執行者也不斷的在修正理論，並提出進一步待繼續研究的問題，以及解決策略。因此，在循環、回饋的實際操作過程中，後續性的研究就在這種時機之中，持續性的構思與發展著。

朋友們，你是否有發現，研究的題材就在你身邊，它隨時等著你去發掘。研究是永無止境的，只要你隨時關心生活周遭的每一情境所發生的變化，研究的發展性將是無窮的。

任何一篇研究都代表研究者的發展階段與心路歷程

　　誠如在「架構與鋪陳後續性研究」中所提到的，「所有的一切都是循著你我所走過的脈絡／理路不斷地進行中」，可以說，任何一篇研究都代表研究者的發展階段與心路歷程。幾乎在所有研究生學位論文的「謝辭」，或是質性研究的「後記與省思」章節中，我們都會看到許多既理性又感性的感言。你可知道，不論你的寫作風格或筆調是如何，只有在完成論文寫作時所寫出的任何一句話，都是你真情流露的心情最佳寫照；也相信，無論在其他的任何時空之下，是無法寫出或記錄這樣一路走來的心路歷程與學習成長的生命軌跡，以及它所詮釋的象徵性意義。

　　我拿到一本完稿的論文時，會先看作者的「謝辭」，或是「後記與省思」，因為從這裡，我可以瞭解作者如何開始做研究以及如何結束該研究的過程（這包含研究方法與實施程序，是屬於學術研究的「硬實力」部分）。同時，他的人際互動、心情故事等各種諸如過程的艱辛、成果的喜悅與感想（我稱為「軟實力」），都是我所要瞭解與分享的點點滴滴。

　　若是從研究方法的角度予以分析，作者真情流露的心情寫照就是質性研究者所要「挖掘」的內心深處。因此，你是否也想過，從這裡，我們也可以做有關研究生撰寫論文心境的相關研究；或許你也可以思考如何選定主題、尋找個案，並訓練自己如何經由訪談，而能使受訪者將其內心深處的想法說出來，讓你的研究更具有真實性與可靠性。

　　論文寫作是研究者的發展階段與心路歷程的融合，也是「硬實力」與「軟實力」的展現，而「軟實力」來自於「硬實力」。這是我的體會，願與大家共勉（請參閱「寫作歷程是成長與蛻變的生命軌跡」）。

✦ 第 六 章

他們的故事，經驗分享

壹 我的研究心理路

★陳世聰（屏東縣瑪家鄉長榮百合國小校長）

　　「研究」本該和「理論」與「實務」環環相扣，如此才能對欲探究的問題或主題有深入的理解，才能合宜的分析、詮釋與預測，進而提出適當的對策。這樣的理想在各學門間有一定的共通性，然而即便研究方法再進步，只要是涉及人的各項研究，一直都存在變異性，或許是變項因子本身具有的變異，抑或是來自未被關注的中介變項的變異。這變異是宿命，更是人類珍貴之所在，我們必須接受這變異性，才可避免完全複製自然科學物化、量化的觀點，錯誤地套用在社會科學領域上。我們必須承認在研究的脈絡背景中，還有許許多多遺珠真相，因為我們的研究限制或主觀意識，被排除在外。回首研究心理路，我一直在擴展自己的理論架構、研究視界與思維觀點，而這擴展若缺乏了實務的參與，免不了只能以管窺天，做出的研究價值必然不大，更經不起教育實務工作者的檢驗。

一、一個起點，一個契機

　　或許是平日勇於從事行政事務與教學工作所奠下的基礎，抑或許是運氣使然，讓我得以入讀錄取率不及一成的屏東師範學院（現已更名為屏東教育大學）第一屆學校行政碩士班（87年），懵懂

涉入了學術殿堂。碩士班第一年時，由於是唯一夜間在職碩士班，享有充分必選修課程與師資，大部分課程都是小班教學，師生得以在課堂上充分討論，對組織論辯能力提升不少。第一屆兩岸大學生文化交流——校園論壇，依班長指示認養了班上必須投稿篇數下限（五篇）中的一篇，〈現代大學校園倫理初探〉可說是我學術作品的處女作，初嚐學術創作的辛與被肯定的甜。在該篇中，「倫理」與「道德」的章節，讓我遍查群書，在探討的過程，其實也同時在印證自己內心的認知結構、檢視自己的修為。

二、多元參與分享回饋，增進實務經驗與思辯能力

在修讀碩士學位期間，也同時修輔導學分班，此時學校總務工作也相當繁複，工程設備案、學校活動不斷，在政策性計畫方面也都主動參與（如小班、優先區計畫，當時是由總務來申辦），因此在那段時間，思考的主題源源不斷，有很多小品論文發表，這增加我許多訓練邏輯思考的機會。在這期間，雖有進修的壓力，但在教育現場並未馬虎，多元參與、積極主動的態度並未改變，並常與學校夥伴分享研究與進修心得。就我個人看來，和同儕分享討論是享有進修權利後應善盡的義務；而同儕的回饋，其實也會讓自己在實務、研究與理論的連結更紮實，在互動的過程也讓自己論辯的能力更精進。這樣的經驗，讓我在學術論壇與校長甄試口試都受益良多。

三、老師愷切指導，增進論述功力

教育現場的小品文偏向微觀面，然而隨著課程改革的腳步，我也將研究觀點切到課程政策的關懷，諸如學校本位課程、統整課程等議題，此時尚未有「教育政策」的學理素養，僅從其內涵向度來談，並未涉其背後的深層意涵。有緣在碩論撰寫之前，即與指導教授共同發表〈小班教學精神與統整課程之理念與融合〉，在論文結構上、學術用字遣詞上受到張慶勳老師愷切地指導，對日後學術

著作奠下匪淺的根基。「小班教學」是我在學校辦理的計畫，也是碩士論文研究的主題；在碩士論文①撰寫過程，同時發表該篇小論文，等同是對部分文獻分析的發表。論文寫作，首先要挑戰的是研究的概念之間是否有脈絡相關、在邏輯上合不合理。前述〈理念與融合〉的篇章投稿到高師大的教育研究期刊，獲得修正採用，如同碩論文獻基礎經過外部評論教授先行檢驗一般。記得在依評審意見進行修正的過程，是一件不簡單的事，經歷了幾番反覆思量絞盡腦汁的工夫才完成。我想，這經歷對日後論文文詞結構的敏銳力有加分效果。

四、紮實走過碩論路，激發後續研究力

事實上，碩士論文研究對我的學術研究路是一個轉捩點，因為從碩士論文的研究過程發現，學校效能理論，無法滿足理論的共通性，為符合共通性，以收放諸四海均可之規準，勢必使學校效能的定義範圍過於狹隘。國際學校效能研究，即是受限於此，而將效能指標限縮到較沒有文化差異性的指標上。因此，碩論完成後，隨即與指導教授合撰「知識經濟時代學校效能評鑑取向」，對評鑑取向和指標有所反思。此時，隨著因緣脈絡漸漸邁入了研究方法論的範疇，思考的是研究結構的合理性、客觀性、主體性、理論與模式等問題，這段期間也涉獵社會科學、哲學叢書，以增加學術思維的背景。

碩士論文研究的另一個向度是轉化領導，參研文獻後，自行發展問卷。研究結果分析後，發現轉化領導從人性出發，以量化問卷並未能滿足研究所需，因此在問卷調查之後，增加實地訪談，但限於人力與時力，訪談對象係依資料統計分析後呈現的領導類型來分，因轉化領導僅有四位，且比率高於學理，因此四位均進行訪

---

①碩士論文題目：屏東縣國小校長轉化、互易領導與學校效能關係之研究——以發揮「小班教學精神」。

問，也期從中檢證是否與數據分析相符，另兩類型則各訪談兩位。實地訪談後分析發現，問卷分析呈現的四位偏向轉化領導受訪者，實際上應只有兩位經得起檢驗。在生澀的碩士研究論文撰寫過程，採用了一些研究方法，雖然稱不上嚴謹，但都是經過一番審慎反思後的研究行動，尤其文獻架構圖、質量並同分析、以相依樣本 t 考驗區分領導類型等，在自己的研究路上留下深刻的印象。即至今日再拿起自己的碩士論文審視一番，都尚能覺得自己是用心走過了那一段正式研究的初體驗。

五、繼續研修未止息，善用機會對話請益

　　碩士論文口試通過已是七月份了，因此，並未參加當年度的博士班考試；原本也並未有修讀博士學位的打算，是碩論指導教授的鼓勵，才在畢業後隔年參加了博士班入學考試。碩論完成，並未停止研究寫作，仍和指導教授保持密切的互動，在涉入研究方法論的關鍵期，受老師的指導甚深。前述的一些心路與因緣，讓我在博士班考試相當順利；由於碩士學位甫完成，即甄試上候用校長，所以當時是處在一邊受校長儲訓，一邊準備博士班考試，一邊提交已錄取的學術論壇Paper全文的狀態。校長儲訓看似與我的研究路無多大相關，但實際卻非如此；當時受邀授課的講座，很多是學術大老，我幾乎每堂課都會與講座進行對話請益，這無異是在淬煉自己組織統整的能力——必須在一分鐘內表達清楚具水準的提問。碩論前後這一段時期的廣泛涉獵，讓自己的知識體系的高度、廣度與深度，大大提升，雖然不一定紮實，但尚能融會貫通，也讓自己對學術與實務的敏感度更加提升。

六、廣泛涉獵敢挑戰，順利入讀博士班

　　報考博士班所提的博士論文計畫，以「學校效能理論建構」為題，計畫中對理論、典範、模式等研究方法論相關的術語，有一

些探討，此即是碩士論文的延續深入探討。自己清楚這計畫難度甚高，但總是願意抱持較高的理想，這也是強迫自己成長的方式。

或許是跳動式思考，或許是善於從現場所觀所感進行反思，更或許是勇於追求自己不明瞭、能滿足自己對人生價值澄清的思想與學問。我會透過眼下閱讀的書目，引導進入另一本書目。一個機緣，在入讀博士班前後兩年，對胡塞爾現象學特感興趣，也發表幾篇以現象學觀點或引用有現象學觀點的小論文。加上，博一、博二修習的政治哲學、教育社會學、教育研究方法論等課程，也因此擴展了理論與理念的層次。

七、修業研究同併進，博士論文有創新

由於博班屬政策與行政組，因此也涉獵了教育政策、教育經濟、教育財政等學門，同時擔任後來博論指導教授主持的教育部委託專案研究之研究助理（連續三個專案），實際參與教師授課時數、國中小學生教育成本、幼稚園學生教育成本之研究與試算，累積了自己學術研究的操作能力，尤其是次級經費數據資料的蒐集與分析、焦點團體座談的安排與大範圍問卷發放與催卷的經驗等。因幼教成本專案的研究，也讓我博士論文②延續了幼教的關懷，進行扶幼計畫的政策分析。政策分析涉及的層面甚廣，幾乎觸及哲學、社會學、政策、教育財經等，涉及了博士班課程的大部分，是一項研究挑戰。因為涉及廣，因此在論文的概念結構上費心探究，以避免結構的跳躍、不合邏輯。針對政策分析內涵的探討，政策環境的分析詮釋，官方準則與學理準則的驗證，都有創新性論見。

八、堅持研究初衷，在研究中服務，在服務中學習

政策必須有具體作為來檢證，因此，博論屬量化研究，對學理的探討不似原本博士班入學考試所提的那麼多，但理念探討仍是

---

② 博士論文題目：「扶持五歲弱勢幼兒及早教育計畫」之政策分析。

我個人的偏好。教育政策與教育財經的學術背景，讓我在博士學位完成後，仍持續對教育經費分配與財政中性議題，有多篇論述發表，用數據來檢證教育公平性的問題。與博士論文指導教授陳麗珠老師合撰的〈地方政府財政能力與教育經費關係之探究：財政中性觀點〉在論壇發表後，也收錄在臺師大師資培育與就輔導處主編的《地方教育發展研究》專書中。在理念論述偏好的實踐上，可以在碩士論文指導教授張慶勳老師主編的《學校公共關係》一書中負責撰寫的篇章〈學校公共關係策略規劃〉作為代表；從理念、策略到實踐，環環相扣，極盡邏輯性、合理性、可行性的挑戰。

　　博士學位完成後，開啟另一個更積極的學習境界，從「服務中學習」。博士學位修習五年順利畢業，頂著這光環在綜理校務之外，也獲聘兼任課程督學、參與精進計畫與教師專業發展評鑑計畫的推動、多次參與中央與地方教育政策諮詢、縣專案研究等，因此有機會透過實務實踐，奉獻一己理論與研究素養上可盡棉薄之力。體嘗「學問為濟世之本」的道理，也更激勵自己以「生也有涯，學也無涯」自勉。每每反思，在績效競爭的年代，沒有強制力的支撐，在實踐中以何力量來影響社群呢？專家權與參照權吧！因此，即使擁有一些知識與經驗，仍需透過服務來展現自己的學識能力，更需透過高EQ來贏得別人的信服與信賴。更何況在理論、研究與實務的環節裡，處處充滿著亟需學習請益的宏觀理念與微觀經驗。所以，從受服務的人、受協助的人身上也可充實尚未俱足的知識與經驗，是以在研究路上，謙卑與歸零是必要的心態，兩者好似都是克服主觀的良方。

九、責任起心榮譽動念，在理論、研究與實務循環中反思實踐

　　以教育事業為職志，信守南師專導師于公湧魁的班訓——責任心榮譽感。從責任心榮譽感的起心動念，在教育現場對教育公平正義的不斷實踐與反思，透過研究與成長持續豐厚自己的知識廣度與

深度，經由政策與行政的參與來增進政策的合理性與推動過程、事務脈絡與社會問題深層結構的理解，藉由服務發揮所學、累積社群人脈、印證策略作為，原來「學問真的是濟世之本」。

　　徒有起心動念不足以延續熱力，徒有熱力不足以有效改善問題，意欲有效改善問題，真的得有「學問」做後盾，才可走對方向做對事，心不茫然地堅持理想。而這學問的涵養必須在理論、研究與實務中不斷循環，在行動中不斷反思再實踐，不僅實踐理想，也實現自我價值。

　　學問是一輩子的修為，是一輩子的追尋，如同Research（研究）的意涵，它是持續反覆的探究，徒「學」而無「問」，是單向知識輸入，沒有互動反思，難有智識啟發，心無領悟，那是死的知識；願意「問」，願意向人請益，願意與人分享，樂於參與行動，才是活的知識。研究心理路，其實也是驗證所學、奉獻所學的心路歷程，亦是以學問實踐人生價值的真實紀錄。

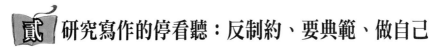

貳 研究寫作的停看聽：反制約、要典範、做自己

★許嘉政（屏東市公館國小校長）

「欲完成一篇（部）良善的研究成果作品，其寫作過程是條艱辛與漫長的路，但其結果卻是讓人喜悅與倍感成就，且欲罷不能的。」以上是筆者經歷過三篇學位論文與多篇相關研究成果寫作和發表的感想。茲從研究寫作的起始、歷程與結果三個階段，分享個人的經驗與想法。

一、研究寫作不落俗套，止於制約

研究起始的主題聚焦過程，本就是一種「從虛無摸索，到漸露曙光，進而確立方向」的聚斂思考歷程，研究者會產生焦慮不安與無所適從，乃正常之事。然而，此一過程也是研究寫作最易落入俗套的階段。例如，研究者在時間壓力或思緒未釐清前，易橫加採用他人主題或文獻寫法，而流於人云亦云的主題設計及堆積文獻的弊病。所以說，研究寫作貴乎「慎始」。因為，「要制約一個人的思考，最好的方法，就是給他一個框架」。

此一階段，筆者建議研究者可多所涉獵與閱讀各種文獻資料，包含各種專書、研究報告、碩博士論文、期刊專文、學報、報紙、電子報和網路資訊，但也不要太迷信於眼前所見之論文一致性（包括研究主題、文獻寫作方式等）而落入「千篇一律」的窘境。此外，筆者也建議研究者應多融合理論、實務與研究，走出易讓研究者落入制約的情境。例如，研究者不能自己一人關起門來做學問，而應該多行動、多思考、與學校現場利害關係人（stakeholders，校長、同仁、部屬、學生、家長、社群）多對話，從學校實務中取材，從理論中獲得見解，從相關研究中取鑑，最後三者整合為用。

二、研究寫作慎選榜樣，典範學習

　　研究者在歷經主題聚焦的起始過程後，研究的方向應已從虛無到漸露曙光，進入到研究的主戰場——研究筆耕，包含研究設計、架構建立、文獻寫作、資料蒐集、分析討論、研究發現、結論與建議等內涵。筆者建議，此等內容的寫作可秉擴散思考的精神為之。例如，研究者可將手中的文獻和理論，與現場實務（如教育政策與議題、學校現場、現況困境與問題、世界趨勢）連結，交互分析與討論，但也不可少掉理論之闡述（如當代教育理論與思潮、古典理論、跨領域理論）。最後，提出自己的綜合評析與論述，進而獲得研究的啟示。

　　此外，筆者認為透過典範作品的榜樣學習，亦可讓研究者的寫作事半功倍。研究者如能用心比較不同文章之差異，應不難選出具參考價值的資料。至於哪些作品才算是典範，筆者提供一思考（尋找）的脈絡。例如，博士論文理應優於碩士論文、TSSCI及有審查制度的期刊或學報論文，其嚴謹度會是優於一般期刊、各領域具代表性或領先地位的教授（大師）的文章，及其指導研究生的論文應是很好的選擇、研討會論文或講座教授的文章應可提供較為新穎的專業資訊等。

三、研究寫作聆聽心聲，要做自己（代結語）

　　研究寫作貴乎能有研究者自己的獨到創見與價值論述。避免人云亦云之空泛之談，且以能透過研究者認知、行動與省思的交融，將實務、理論與研究三位一體，讓研究寫作成為上述三者的最佳黏合劑，進而展現出自己風格與特色。亦即，研究寫作貴乎「慎始」，在摸索確立研究方向與文獻寫作階段，切忌落入他人框架，而受到制約；研究者亦要慎選榜樣，選出具參考價值的資料，典範學習；倘再加上研究者自己的知行思交融，相信必可讓研究者寫作事半功倍，悠遊於研究寫作的天地間。

參 痛苦會過去，美麗會留下

★黃誌坤（美和科技大學社會工作系主任）

　　自己曾處於煩惱論文題目的博士候選人，當時自己是一位國小教師，平常要忙於學校的教學及行政工作，又同時又兼任博士班指導教授的國科會研究助理，在時間極度壓縮的情形下，要如何完成自己的博士論文，當時認為是一件艱難的任務，也一度想要放棄。

　　縱然知道要完成博士論文是一件艱苦的工作，當時雖然已有撰寫碩士論文的經驗，但對於如何把博士論文寫出來仍是一大挑戰。為了要達成此目標，自己給自己兩年的時間來完成論文。當然，撰寫論文的第一步就是要有研究題目，如何構思題目的確花了不少時間，從大量閱讀文獻開始，結合自己的興趣，到日常生活的工作經驗，皆是構思題目的主要來源。

　　畢恆達對於論文題目的找尋曾有一句有趣的話，他認為可以從自己日常生活經驗中獲取，「把熟悉的事物陌生化，再把陌生的事物熟悉化」。換言之，透過一些習以為常的事務，可以從不同的角度來觀察它，讓它變得值得研究（把熟悉的事物陌生化），再透過理論解釋及研究後，便能加以解釋這些事務及現象（把陌生的事物熟悉化），完成論文研究。自己在找尋題目亦循著這個原則，從自己的工作經驗著手，自己的工作場域在小學，教授的科目是電腦及社會科，從教學場域來思考是一個切入點，當時小學生皆很熱愛上電腦課，但對於網路的安全、隱私等倫理議題，常不知如何保護自己或因應，例如，小朋友常在網路上留下自己的個人資料，或在網路上用粗魯的文字罵人等等，大家不重視此問題衍生的嚴重性。為瞭解決此問題，我的論文方向便鎖定在網路倫理這個主題。

　　找到題目及閱讀相關文獻後，接下來便要決定採用何種研究方法適合論文主題，與指導教授討論後決定採用實驗研究法。採用實驗研究法對當時的我是一大挑戰，有關實驗研究法亦只是曾經在研

究法的書中看過，至於如何進行實驗設計亦沒有太大把握。因此，自己除了需要閱讀實驗法相關論文及請教有經驗的專家外，亦先進行了pilot study，以瞭解如何控制變項，以及提升內外在效度，增加對實驗法的熟悉度。然縱使有先做了pilot study，在正式實驗過程中仍遇到許多挫折及困難，例如，如何控制及預防霍桑效應（Hawthorne Effect）的產生等。從決定題目到論文完成，總共歷經了兩年的時間，總算達成當初訂下的期程，現在想起，除了自己的努力外，當時許多給我寶貴意見的師長們，以及每天在工作研究之餘，陪我跑步的朋友，以及不斷給我支持的好友，這些良師益友的陪伴是讓我不放棄的原動力。總之，研究過程雖然艱辛，但亦留下美麗的回憶。

肆 篩落些許真實——淺談質性研究資料分析與書寫

✽黃玉幸（正修科技大學師資培育中心助理教授兼教學發展中心主任）

　　我的博士論文「校務評鑑實施歷程組織文化現象與變異之研究」約在2005～2007年之間完成，承蒙指導教授張慶勳博士厚愛，希望把論文寫作歷程簡要說明，提供質性研究者一些參考路徑。茲將研究歷程分為「慢工出細活」、「抖落沉重資料包袱」、「飄然自在又上青山去」三階段說明。在此班門弄斧一番，請各位先進不吝指教。

　　2006年從研究場域蒐集了許多資料準備分析，一個個資料夾密密麻麻的文字和叨叨絮絮的話語，堆積如山，頓時陷入「資料沼澤」（不是資料海，泥漿沾黏滿身的感覺）無法自拔，想起指導教授張老師曾提到資料分析的過程如同「漏斗」，把大量資料放進廣口漏斗，漸漸地從窄管通道流出一些「概念」。

　　於是，重新調整步伐，把握一天處理一個檔案的原則，聲音、文字檔之原始文件分別載入電腦軟體ATLAS.ti剪輯編碼，存檔的事交給「電腦」代勞。就這樣花了兩個月時間，初次過濾研究現場蒐集而來的資料，同時腦海裡的神經連結也重新組織，有些模糊「樣貌」浮現。接著做第二次的「漏斗」過濾，漏斗入口的廣口瓶小些了，放進的資料少了約二分之一，資料「本質」也交雜新舊「樣貌」。又過了兩個月，再放進更小些的「漏斗」，當然，流漏出來的資料不僅量更少，而「樣貌」也逐漸清晰。這種感受有如匍匐前進多時的海軍陸戰隊員，爬出「資料泥淖」，逐漸望見遠方的曙光。

　　篩選資料編碼過程中，想起過節時拿著竹篩子，一次次篩落稻米、綠豆堆裡的雜沙、碎石，總要經過幾次的篩選，才能存留可以吃的雜糧。無論是「漏斗」或是「竹篩」，不管是逐層「過濾」或是逐次「篩選」，一次次的工夫，是一次次的焠煉；一回回的翻

攪，是一回回的存菁，自己彷如是位傳統藝師，堅持某種品質，慢慢地溫存一種獨有的味道，慢慢地磨呀！慢慢地練呀！性子不像開始時急躁不安，倒有「慢工出細活」的身段。

　　從資料堆裡爬出來之後，如何把粗略的概念再逐漸聚集彙整為較精密的概念，得藉助遠方那道曙光，從較高處、較遠處看這些資料，保持一些距離「讓資料說話」，抽離一些自我執著「傾聽資料訊息」，甩開綿綿密密的編織瑣碎，需要的是快刀斬亂麻的「果斷」，概念再概念的過程必須找同學「清醒」自己的渾沌，再請教指導教授「拉回」迂迴迷宮。這時進入邊分析資料，邊著手書寫，自己寫的和資料分析的兩相攪和，書寫的軌跡有佐證的資料，資料分析有自我的詮釋觀點，書寫與分析來來回回多次，慢慢地似乎爬上山腰，見到較寬廣的視野。這時，體力不如剛上山的衝勁，邊喘氣、邊留戀周遭風光，不管如何，總是比較接近目標，時間已過了半年，書寫還是牛步（不停地改改寫寫），享受片刻清風，繼續往上爬。「抖落沉重資料包袱」，我抓住一些「真實」。

　　再看資料，再整理概念，隱隱成形，似乎已經「夠了」，再看也是這些資料，再整理也是那些概念，這下子，想起張老師課堂說的「資料飽和」，大概是這樣了。從已抓住的「真實」，開始串聯整篇論文的架構，逐漸走出一幅有意義的地圖，每個站都是資料焠煉出的概念，每個點都是概念再概念的注腳，整篇論文「成形」。

　　這張地圖不同於文學創作所說的「虛構」，小說家所寫的小說，有時虛構來自己的生活經驗，創作過程交互虛構與真實；而質性研究，是蒐集資料與分析資料交織而成的「真實」，當然，不同於初次進入研究場域所見的「真實」，不完全是「在地的真實」，這真實經過篩落與資料編碼，有種去蕪存菁的「結晶體」，共鳴了「編織意義的網」的存在。

　　當串起一張有意義的地圖時，不看量，不談質，感受的是一種「境界」，那種喜悅無法以言語說明，不僅是停留在「完成的句點」的滿足感，而是自我領悟「部分真實」的愜意感，有如陳羽送

詩僧靈一上人：「十年勞遠別，一笑喜相逢；又上青山去，青山千萬重。」彷彿隔了十年，看見了又上青山去的自己，是一種「飄然自在」的身影。這份自得來自曾有的「慢工出細活」，曾經「抖落沉重資料包袱」，當然，過程裡有時是孤獨無助的，有時是老師指點、同學相攜的柳暗花明，至於還有千萬重青山，只能留有機會再做其他研究累積工夫吧！

　　曾經向指導教授說：「我已經快過人生半百了，難道沒有機會寫篇比較接近自己的論文嗎？」感謝指導教授、口試委員接受了這有些學術叛逆的「自以為是」，「學術自由」容許寫出一篇屬於自己特長（多元智能的語文、人際、自省智能部分）的質性研究。一直到現在，我還可以「勇敢地」回頭讀自己的論文，這種「沉溺」，不知是否有些「自戀」，在教育學術領域選擇了邊緣發聲，「衣帶漸寬終不悔」，「質性研究」成為學術專長之一。

　　論文末段，「探究教育行政實施歷程豐富複雜動態的文化，揭開學校人員參與教育活動過程的日常生活實際行為，是有意義的旅程。從中深究人類行為萬種風貌，較完整地體會人們參與其中的動態發展過程，透徹領悟教育政策推動細膩幽微絲絲牽動，教育工作者有機會反省自身文化及深入文化精髓，自然而然擴展教育視野，精緻推動學校教育，深耕學校溫醇厚實文化。」油然而生一種教育工作者的豪氣……。

伍 故事的足跡──我是這樣走過來的

☆林依敏（高雄縣六龜鄉荖濃國小行政人員）

一、前言：聽故事的人

我是一個剛入門的質化研究者，還有許多事情等待學習，等待經驗的累積。

誠如高敬文（1996，序）所說的：質化研究者是以聽、講別人故事為專業的人。因此我選擇當一個聽故事的人，一個樂於傾聽故事的傾聽者，從別人的生命故事中，試著開展自己。

二、人生的練習題

對我而言，質性論文的寫作是一題有無限解的練習題。說它是最繁瑣和難解的習題，一點也不為過，因為它必須走入人群、建立人際關係、時時保持敏銳和觀察的心，可說是考驗耐性和毅力的一題習題。

(一)初探：質性研究之門

1. 決定研究的方向，以方向來決定研究的方法

當初在思考如何從事論文的研究時，是先對研究的大方向做決定，當選擇研究的方向是有關於我所服務社區的新移民女性後，因考量到人數的樣本以及新移民女性對社區環境的知覺及識字程度後，我選擇了使用訪談方式的質性研究，應該可以這麼說，我是先決定了要研究的方向，再以方向來決定研究的方法。

但方向的決定並不是我論文主題的確定，誠如畢恆達（2005，頁7）所說的，「找題目可能從兩個方向進行，有的人是一開始就只有一個非常粗略的方向，例如社工參與、外籍移工，然後再透過

閱讀以及討論慢慢聚焦。」我就是引用這種方式來準備論文的寫作。這就猶如你想料理一道美味的佳餚一樣，先要備齊各種食材（蒐集資料、閱讀），才能根據你的食材決定料理何種煎、煮、炒、炸的美味佳餚來（主題的確定）一樣。所以切勿急於定論文的主題，當資料蒐集到一定程度（因人而異），主題自然會水到渠成的顯現出來。

2. 基本功：質性研究課程的修習

為了對質性的研究有更深一層的認識，我跨系選修質性研究的課程。修習質性研究的課程可是重要的基本功之一，除了可以建立自己對質性研究初步的整體性認識外，對於質性研究該注意的事項也有所瞭解，使自己在走入田野現場做觀察和建構文本的同時，可以在理論與實務之間取得平衡，以及避免在走入田野現場時，不知如何開始的窘境。

(二)寫！還是寫……

根據Peter Elbow的觀察：「要寫得好的先決條件，就是持續地寫，就算寫得很爛而且在沒有心情時還能繼續寫。」（引述自Wolcott，顧瑜君譯，頁77）寫作，對我這種已經離開學校多年，從未再寫文章的人而言，的確需要花時間來練習，因此我自己則是抱持一種練習寫文章的心情，來增加自己文筆的流暢性，無論是論文的田野札記、參加的研習會，或者是田野觀察紀錄等等，總是以最忠實的文字，一字一字敲進我的電腦資料夾裡。誠如Wolcott所說，「只要你已經開始，就持續寫下去」（Wolcott，顧瑜君譯，頁75）。而且無論在何種情況下，無論你看到什麼，或者聽到什麼，就盡快的下筆，因為寫下來的東西，才是你真正的東西。

再者要注意的是，論文的寫作是一項從不間斷的工作，直到論文發表完畢後，你還是有可能必須不斷的修改，誠如Wolcott所言，「文章還沒有出版之前，沒有一個字是不可以被修改或替換」（Wolcott，顧瑜君譯，頁112），因此持續的寫作也是質性研究的

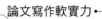

另一項重要的基本功。

三、研究歷程：我是如此進行

茲就我研究的歷程，以簡單的圖形說明如下：

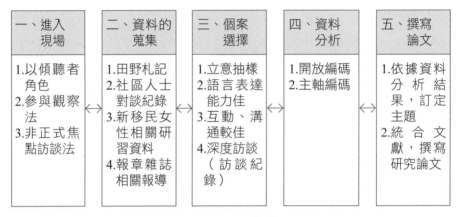

一、進入現場		二、資料的蒐集		三、個案選擇		四、資料分析		五、撰寫論文
1.以傾聽者角色 2.參與觀察法 3.非正式焦點訪談法	↔	1.田野札記 2.社區人士對談紀錄 3.新移民女性相關研習資料 4.報章雜誌相關報導	↔	1.立意抽樣 2.語言表達能力佳 3.互動、溝通較佳 4.深度訪談（訪談紀錄）	↔	1.開放編碼 2.主軸編碼	↔	1.依據資料分析結果，訂定主題 2.統合文獻，撰寫研究論文

圖6-1　研究歷程

四、峰迴路轉：停滯、思索與重新出發

(一)峰迴路轉——敘說到傾聽

在論文計畫發表的當天，給了我很大的啟示，而這樣的啟示使我從原本的新移民女性敘說研究，轉而以傾聽者之角度來探討新移民女性在臺灣家庭適應之心路歷程。

1. 原因
(1)個案受限於語言的限制（無法達到心理層次的對話）。
(2)研究倫理的限制（家庭環境）。

2. 張慶勳老師的回饋
(1)個案的回饋、省思、三角檢證。

(2)你從研究過程和心路歷程中逐漸抓住／得到你所要的「東東」，這就是質性研究的螺旋性及循環性，但相關文獻和方法論仍是要不斷的來來回回加以探討及深入瞭解，切記——不要斷掉，一直邁向前去。

3. 因為老師的回應指導，給予我新的啟示，因此，我的論文方向作了大幅度的修正

(1)個案語言表達的限制：以一個傾聽故事的角色，透過文字述出個案因社會文化、環境差異而在臺生活適應困境與需求的故事，來達成探究。

(2)研究倫理問題，進入研究對象家庭做多面向的觀察，並以在地社區人士的對話，作為本研究重要資料之依據。

(3)因臺、越兩地牽涉到兩個社會文化環境的差異，故我以CII模式為研究資料分析的策略。

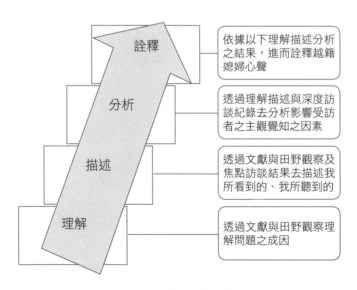

🖊 圖6-2　修正後研究之探究

(二)CII模式為文本資料分析的架構

張慶勳（2006，頁41）指出，CII（context、influence、intuition）架構的三個主要的要素，此三個概念環環相扣，探索研究對象在所處的社會情境文化中的自我認知，以及影響自我認知的因素，此三個要素如下：

1. 社會情境文化脈絡C。

2. 影響因素I。

3. 主觀知覺I。

同時張慶勳（2006，頁42）亦指出，CII架構係植基於詮釋學的途徑（hermeneutic approach），透過瞭解所敘說故事的社會互動與意義，而探索敘說故事者在其所處的社會情境文化中的認知行為，及其關鍵影響因素。

因此我以CII（context、intuition、influence）理念模式作為資料的分析策略，使得我的論文有了骨架。我從形成異國婚姻兩地的社會情境文化脈絡，去發掘研究對象對於生活事件「如何」及「為什麼」的自我感受而後發聲，呈現在地化的聲音。

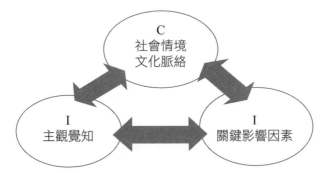

🖊 圖6-3　CII為研究資料分析架構設計之理念圖

五、結論：另一個故事

某日中午，接到張慶勳老師的電話，希望能夠寫一篇關於我是

如何進行質性論文的研究。想想從研究所畢業後，幾乎不再碰有關論文寫作的書籍了。於是在準備寫這篇文章時，有一點不知如何開始下筆的窘境，只好再回去翻閱自己幾年前所完成的學位論文，再次的回味那段日子，看看能不能找回靈感。就這樣，再次翻閱自己的研究足跡，回味自己這一路走來的辛苦、快樂、沮喪等等，並且一字一字的敲著鍵盤寫下這篇文章。

　　最後借用我的指導教授張慶勳老師為我的論文完成時寫下勉勵的話（如圖6-4），為我的研究故事作了最佳的註解，而這樣的註解最後如同因為傾聽別人故事，也為自己寫下了不一樣的人生體驗，就如同我這一篇文章的主題一樣「故事的足跡──我是這樣走過來」，屬於我自己的故事。

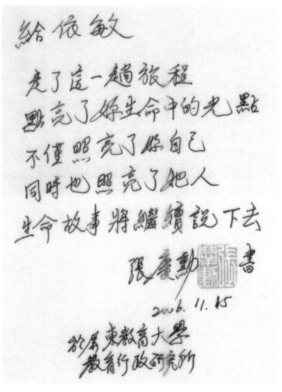

　📎圖6-4　勉勵的話

♫參考文獻

吳芝儀、廖梅花譯（2001）。Strauss. A與Corbin J（1998）原著。《扎根理論研究方法》（*Basics of qualitative research: Techniques and procedures for developing grounded theory*）。嘉義：濤石出版社。

高敬文（1996）。《質化研究方法論》。臺北：師大書苑。

張慶勳（2006）。《校本文化領導的理念與實踐：一位國小初任校長的個案研究》。高雄：復文出版社。

畢恆達（2005）。《教授為什麼沒有告訴我》。臺北：學富文化。

顧瑜君譯（2002）。Harry F.Wolcott原著。《質性研究寫作》（*Writing Up Qualitative Research*）。臺北：五南。

陸 回歸適於自己的研究寫作脈動

★陳文龍（屏東縣南華國小教導主任）

就個人的經驗而言，寫作本來就是件不容易的事，更何況是研究寫作。對於一般小品文的寫作，或許可以天馬行空、自由自在、任意創新的想像，以及呈現文辭與意境之美；但研究寫作就不能如此，必須有憑有據，融合理論與實務，綜合出不同的研究見地，並依據適當的寫作規範，才能合於研究與受參考的價值。有鑑於此，研究寫作是為一項較為嚴謹且有限制性的知能，對於初學者，往往必須歷經一段時間的努力學習、理解與領悟，才能進入與享受研究寫作的天地。以下僅分享一些個人的經驗感想。

一、探尋合於自己的路

在我的經驗中，一開始學習研究寫作時，內心曾感到惶恐，不知如何著手。最初是主動向同學或學長姐們請益，當然也獲得許多寶貴的經驗和方法；其次自己會尋找一些相關領域的期刊文章或論文，蒐集資料與瞭解他人實際的研究與呈現方式；再來是參與相關領域的研討會，瞭解較新的研究動向及吸取報告者的實務觀點與經驗。一般而言，研討會的議題大都是當時期（或年度）較為受重視或新穎的研究動向，可以讓初學習者啟發許多的研究寫作靈感或思維。在我的學習的歷程中，自己從各方面獲得許多不同的寶貴方法與經驗，但卻難以聚焦或完全取用。經過一段時間的反思，發現自己喜歡藉由參與研討會，吸取新穎的研究動向及研究者的經驗，因此，自己會多花一些時間主動的參與相關領域的研討會，其次會閱讀期刊文章，以及與同學分享或討論。

二、逐步力行累積經驗

當自己找到最適合自己的方法後，最重要的是要能夠身體力

行，逐步的累積經驗，豐富自己在相關領域的知能。記得有好幾次的學習經驗中，都是在參與研討會後，對於某一個議題的研究覺得有興趣，啟發了研究想法，因此，自己就著手蒐集資料及研究，並且透過參考相關期刊的文章寫作方式，最後投稿到期刊上發表了好幾篇文章。所以個人認為，若找到合於自己最佳的研究方式，一定要付諸行動，逐步持續的學習，相信會累積許多屬於自己研究寫作的寶貴經驗。

三、走走停停邁向美好

　　研究寫作對於初學者而言，除了要重視學習歷程外，更應該著重的是續航力。有句話說：「絃太緊容易繃斷，太鬆又易形成無音的現象。」在每一次或每一階段的研究寫作的過程中，似乎也是如此，我都會隨時調整自己，讓自己身心靈皆有喘息的空間（尤其對於許多進修的在職者而言，通常不只是要面對工作、做研究，有的更是需要勞心勞力於家庭生活），並且回過頭省思當下之前的呈現與想法。因此，個人深覺透過走走停停，不斷的進步與成長，才能悠遊於研究寫作天地，並且邁向美好。

　　每一位初學者面對研究寫作的目的與價值觀皆各有見地，有的為瞭能夠儘快獲得學位；有的希望可以藉由發表獲得成就；有的期望瞭解或解決某些問題、提出貢獻等等，但個人認為不論自己的目的與價值觀如何，尋找出最適合自己的方式，付諸行動累積經驗，走走停停不斷反思，將能喜悅的沉浸於研究寫作的天地，並且完成自己所設定的目標。

柒 寫論文要一鼓作氣

★趙相子（屏東縣國小主任退休）

　　首先我先找有興趣的相關論文題目，尋到key word後，上全國博碩士論文資訊網，看看前輩們寫過的論文（現在有電子檔很方便），從中尋找靈感，把部分需要用到，或是整篇列印下來，仔細消化運用，用紅筆或其他顏色的筆畫記或眉批，或是馬上key在電腦檔案中，在後面註記出處，如此一段時間後才不會忘記，可以節省很多尋找的時間；並且將論文篇名，用電腦列入參考書目中，屆時只要操作一個指令，電腦就會自動按作者筆畫排序，最後論文計畫發表前三章內容寫完，參考書目也自然呈現出來了，不需要另外花時間單獨處理參考書目。

　　如果沒有電子檔，不妨多到圖書館尋找，在圖書館也可以找到所需要的期刊雜誌，或者書籍資料，可以省下一些購書費用。

　　讀研究所不是要拼獎學金，所以同學的互相激勵和互相幫忙是很重要的，尤其初稿的論文，需要同儕的修辭和意見，所謂「三人行必有我師」，幸運的我和兩位同學，正好是同樣的指導教授，所以我們一起約時間和指導教授meeting，互相糾正和打氣；尤其是碰到寫不下去的時候，我就會做其他的事情，先讓腦袋空白，例如到附近學校跑步、在家拖地、假日和老公去爬山、e-mail給同學等等，讓缺氧的腦袋瓜能夠釐清，最後我們也順利地如期一起畢業。

　　為了能如期地畢業，我是這麼走過來的：我和兩位同學擬定了論文發表時間表，然後一起依照時間表，按部就班地走下去，有人進度稍有遲緩，另外兩人會叮嚀加油。現在雖然已經畢業一年半了，我們仍是非常好的姐妹。

　　我覺得寫論文要「一鼓作氣」，按著既定的時間表進行，否則放久了就會冷掉，會忘記前面幾章所寫的論文內容。有許多人拿學校公務繁忙，或是孩子年紀小當藉口，延後論文進度，我則相反，

雖然也是拿學校五月要校務評鑑當理由，但我是提早在一月畢業，如此便可以全力以赴校務評鑑（資料的準備已經兩年了）。

　　我的論文內容不僅是我有興趣，也是對我日後職場有幫助的，現在我擬定的各項計畫、寫文章，各種功力都有精進，所以我覺得在職進修有其必要性，所謂「活到老學到老」正是這個意思吧！寫論文沒有想像中那麼的困難，只要參閱相關的論文寫作手冊，擬定好論文時間表，按部就班進行，就可以順利畢業了。

✤ 第二部分 ✤

研究寫作的學理論述——
典範脈絡・研究軌跡

第 七 章
以典範脈絡導引研究取徑

壹 典範是信奉的價值與規準，導引出研究途徑與方法

典範（paradigm，或譯派典）一詞始於Kuhn（1962）的《科學革命的結構》一書中所提出的觀念，目前於學術界及研究方法論的討論中歷久不衰。Kuhn（1962）的《科學革命的結構》一書，分別於1970年及1996年再版，全書雖然未對「典範」予以明確界定，但其強調科學社群對科學知識（以物理科學為例）的理論、原理、方法、工具與應用等的瞭解，並形成共同價值、信念、規範之科學基本架構，而成為科學的典範（張慶勳，2005，頁4）。而Gage 將典範視為模式（models）、型態（patterns），或基本模型（schemata）。典範是對思考與研究的邏輯上相關的假定、概念及命題之彙合（Bodgan & Biklen, 1998, p. 22），亦即典範是一種思考方式、研究型態，或是一種研究架構，或是學術模型（吳明清，1991，頁61-63）。典範隱含包羅萬象的途徑，並賦予理論的格式化（formulation），因此，典範可決定研究的主要目的、問題、變項與研究方法（Gage, 1978, p. 69）。

隨著典範的變遷，及其對研究方法論與研究方法的影響，研究者已從重視量化研究，而逐漸重視到質性研究，甚至於產生量化研究與質性研究之間的爭論（楊深坑，1999，頁1-14）。究其原因，

乃研究者所植基於典範之間的不同，因而形成對研究方法論及研究方法的差異。事實上，誠如吳芝儀（2001，譯者序）所指出，質性研究實際上涵蓋了相當多元的典範，各有其本體論、認識論和方法論。而典範的選擇則取決於研究者本身的世界觀，主導了研究者所採用的資料蒐集和分析方法，將研究發現導向其所關注的焦點和脈絡，以產出能達成其特定研究目的之結果。

　　典範是信奉的價值與規準，它導引出研究途徑與研究方法。也可以說，典範是屬於某一共同領域研究者認知與思維的價值體系，可以導引研究者如何進行研究的方法技術層面。

☞參考文獻

吳明清（1991）。《教育研究：基本觀念與方法分析》。臺北：五南。

吳芝儀（2001）。譯者序。吳芝儀、廖梅花譯。Anselm S. 與 Juliet C.原著。《質性研究入門——扎根理論研究方法》（*Basics of qualitative research*）。嘉義：濤石。

張慶勳（2005）。教育研究方法：理論、研究與實際的融合。《屏東教育大學學報》，23，1-29。

張慶勳（2007）。科學研究與量化方法。載於陳正昌、張慶勳主編（2007）。《量化研究與統計分析》（頁1-11）。臺北：新學林。

楊深坑（1999）。世紀之交教育研究的回顧與前瞻。載於國立中正大學教育學研究所主編（1999）。《教育學研究方法論文集》（頁1-14）。高雄：麗文。

潘慧玲（2004）。學術探究的典範與新興取徑。載於潘慧玲主編（2004）。《教育研究方法論：觀點與方法》（頁1-23）。臺北：心理。

Bogdan, R. C., & Biklen, S. K. (1998). *Qualitative research for education: An introduction to theory and methods* (3rd ed.). Boston: Allyn & Bacon.

Gage, N. L. (1978). *The scientific basis of the art of teaching.* New York: Columbia University.

Kuhn, T. S. (1996). *The structure of scientific revolution* (3rd ed.). Chicago: The University of Chicago.

貳 串聯研究典範與方法技術讓資料意義化

研究者因所服膺研究典範之不同，而採用不同的研究途徑或研究方法，同時隨著典範的發展或變遷，研究者所強調的研究方法亦隨之改變。可見研究典範與方法技術之間是緊密關聯的。

從研究典範的分類與發展而言，科學的、實證的研究典範強調以自然科學量化的研究途徑，並根據研究結果說明、解釋或預測人類行為；人文的、後實證的典範則強調以人類社會研究現場場域的質性研究途徑，並根據研究結果詮釋人類行為的意義。然而，前述兩種研究典範並不能滿足人類社會的複雜行為，因此，遂有強調多元併存的研究典範出現，諸如實證主義、後實證主義、建構主義、批判理論、後結構主義、後現代主義、參與典範等的研究典範存在。

顯然地，只有堅信某單一研究典範，並不能滿足研究場域實際的人類複雜行為現象，因為在研究的過程中都有可能試圖說明、解釋或預測人類行為，甚至也在詮釋人類行為的意義。雖然有些研究者並不認為如此，他們堅信某一社會現象須根據某單一的研究典範與研究途徑或方法，但多元併存的研究典範已是存在的事實且是有必要的。從這些論述來看，研究典範之間並不是互斥的，更確切的說，它們是互補的，且不斷的因應人類社會行為的複雜性與研究主題的焦點，而不斷的在發展之中。

有些研究者認為，即使同一典範也可有不同的研究方法（如量化研究，可用問卷調查法，或採用訪談調查，或田野的觀察，並將所蒐集的資料轉化成數字量化的結果，再予以解釋人類行為的意義）；而同一研究途徑（如質性研究）亦可植基於不同的研究典範（如研究者因世界觀的不同，而有不同的本體論、知識論及方法論，而有不同的研究典範，進而採取不同的研究方法）。

　　從實際研究的經驗與研究學理的論述顯示，研究者應依研究問題的脈絡與研究目的（研究問題的主軸或問題的焦點）為何，而運用適當的研究方法技術，同時串連你所服膺的研究典範，將所蒐集的資料「數字意義化」，或「讓資料說話」後，做最適合該研究結果的分析與討論，進而對研究結果進一步做說明、解釋與預測（量化研究），或分析、詮釋人類行為的意義（質性研究）。

 量化與質性研究的爭議與比較

　　量化與質性研究受科學典範的影響，而有不同的方法論基礎與研究焦點，教育研究者可根據不同的典範及方法論進而採用量化或質性研究。雖然採用量化或質性研究都各有其優劣與研究焦點及方法，卻不斷受到爭論，似無停止之跡象。

　　量化研究者持有「凡存在的事物必可量化」的基本信仰或假定，他們通常根據理論提出研究問題與研究假設，以隨機的抽樣方法選取樣本，將所蒐集資料予以量化的統計，再藉由該研究結果與文獻對話後進行分析討論，提出是否支持或否定研究假設的論據，以驗證原先所提出的研究假設，最後提出結論與建議，並予以推廣應用。

　　質性研究者認為，人類社會是複雜的，具有互為關聯的整體性，無法用量化的數據詮釋人類社會的複雜現象，以及其背後所蘊含的意義。因此他們採用有目的性的取樣方法，選取特定的研究對象，透過諸如訪談、觀察與文件分析等方法蒐集資料，旨在對所欲研究場域的樣本與其所發生的現象進行深入的探索、分析，並詮釋其意義。

　　研究者因所服膺典範的不同，遂有不同的研究取向及研究方法，而量化與質性研究便是最好的例證。有的研究者認為，量化與質性研究是互斥的，兩者不能互補，他們甚至認為量要量到底；質要質到底，如此才能得到所要研究的真正結果。但也有研究者認為，依研究方法與研究的應用性予以分析，認為量化與質性研究只是程度的區分而已（亦即主輔之分）。個人多年觀察國內博碩士學位論文，不論是採用量化或質性研究者，多數學生常建議於後續性研究之中，兼採量化與質性研究，俾能更深入探討研究主題。但是兼採量化與質性研究是否就能更深入探討研究主題，或依研究目的

純粹採用量化或質性研究，就能達成研究目的，很值得加以探討。

隨著研究典範的轉移，如今已有多元典範並存的觀點，同一研究問題在不同的階段採用不同的研究方法，或依研究目的而單獨採用量化或質性研究的途徑。茲將量化與質性研究比較如下：

表7-1　量化與質性研究比較一覽表

比較點	量化研究	質性研究
研究典範	實證主義	後實證主義
基本信仰或假定	凡存在的事物必可量化	人類社會是複雜的，具有互為關聯的整體性
研究目的	解釋與預測人類行為 應用性、推廣性	分析與詮釋人類行為的意義 建立理論
抽樣方法	隨機抽樣	目的取樣
研究方法	問卷調查、實驗研究、 相關研究	訪談、觀察、文件分析

肆 什麼是科學的／真正的研究

　　什麼是科學的／真正的研究，是研究者所欲探知的問題，茲摘錄個人在《量化研究與統計分析》（2007）第一章第二節中所撰的「科學研究的本質與特徵」內容如下供參考。

一、什麼是科學研究

　　邏輯實證論的研究方法論主張客觀性、可驗證性、具有系統性程序的科學研究方法。例如，從科學的性質予以分析，科學是經由歸納、演繹與考驗假設的方法，對於自然界的事物、現象與問題提出可驗證性的推論研究。而科學研究則是有系統地探討或修訂所研究的事實、理論，並將研究結果予以應用（Vockell & Asher, 1995, p. 2）。其目的在解釋自然界的現象，並瞭解現象間的相互關係，進而期望研究結果能預測與影響行為（McMillan, 1992, p. 4）。因此，研究係運用一系列有系統性的研究方法，提供可靠的資訊，以進一步瞭解所研究的問題（Gay & Airasian, 1996, p. 3），亦即研究是對可控制、可觀察的資料紀錄，進行系統性及客觀性的分析，並進而發展一般性的原則及理論，與對事件的結果作預測及控制（Best & Kahn, 1986, pp. 25-26）。據此，研究具有可驗證性、可有不同的形式、正確可靠及系統性的特徵（Wiersma, 1991, pp. 2-3）。

　　科學研究就是一種正式的、有系統的、客觀性的探討所要研究問題的過程，它具有可測量、標準化、程序化、驗證

性、可複製性、可預測、類推性、客觀性等特徵，茲分別陳述如下。

二、科學研究的特徵

▶可測量

科學研究的過程中，研究者運用一套經過標準化的科學工具（量尺），對所能觀察的人事物進行測量，並以數字描述測量結果，以作為進一步分析、解釋和預測研究對象的行為。

▶標準化與程序化

研究過程的步驟、研究工具的編製與使用、研究變項的操弄等，都是經過一系列有系統性的標準化程序。科學研究因其所具有的標準化與程序化之特徵，而能進一步強化研究的客觀性，以及研究的效度與信度。

▶驗證性

理論上，科學研究的過程中，研究者根據相關理論作為立論基礎，提出研究目的與研究假設，將所蒐集的資料進行分析、解釋，據以驗證假設，並視是否支持或否定研究假設，而提出研究結論。

▶可複製性

由於科學研究是一套有系統的標準化研究程序，因此，當任何一位研究者以相同的研究步驟操作研究變項與研究程序時，皆會有相同的研究結果。

▶可預測性

對於可觀察的世界實際現象在可測量的前提之下，研究

者根據研究資料所進行的分析與解釋，可對研究變項或研究對象的行為進一步的預測，這是科學研究的重要特徵之一。

▶*類推性*

由於研究方法的系統性與標準化程序，以及研究樣本所具有的代表性等，科學研究結果可類推於其他相同性質的研究變項或對象上。因此，科學研究的應用性與推廣性也是科學研究的重要目的。

▶*客觀性*

基於以上科學研究所具有的各種特徵，能藉由對象的可測量性，設計出標準化的研究步驟和程序化的歷程，進行假設的驗證、結果的類推和現象的預測，並且在後續的研究上具備可複製性等特點，因此，科學研究可說是一種具備客觀性的研究。

✎**參考文獻**

張慶勳（2007）。科學研究與量化方法。載於陳正昌、張慶勳主編（2007）。《量化研究與統計分析》（頁1-11）。臺北：新學林。

伍 研究方法論與研究方法的比較

兹摘錄個人在《屏東教育大學學報》（2005）中所撰的「教育研究方法：理論、研究與實際的融合」有關研究方法論與研究方法的比較內容如下供參考。

研究方法論與研究方法係屬兩個不同的層面，方法論的探討內容包括研究本質、學理、基本原則及型態（林清江，1972，頁32-33），亦即方法論通常指研究的一般邏輯與理論觀點，研究方法則是諸如調查訪談、觀察等研究的特定技術（Bodgan & Biklen, 1998, p. 30）。

楊深坑（1988，頁83）指出，我國教育研究一向強調實踐性的性格，建基在實徵主義的研究方法，廣泛的被採用。然其背後方法論的合法性基礎，甚少有人提出批判反省。理論層次未能提升，無法在實踐上的問題解決作為足夠導引，形成頭痛醫頭、腳痛醫腳的窘境，更無法提升教育學術研究水準。因此，研究方法論與研究方法亦係屬反省思考與實踐的不同層面。

研究方法論係屬形而上的哲思、理論、理念與思考的層次，研究方法則屬形而下的技術執行與實踐層次，兩者須由研究者所具有之誠於中的研究專業素養與態度予以連貫融合，而使研究方法有其哲學思潮與理論依據，並由所依據的哲學思潮與理論引導研究方法的執行。

☊參考文獻

張慶勳（2005）。教育研究方法：理論、研究與實際的融合。《屏東教育
　　大學學報》，23，1-29。

陸 量化研究的歷程

茲以我在《論文寫作手冊》一書中所提出的量化研究歷程
為架構，說明進行量化研究的主要步驟如下（張慶勳，2010，頁
31-32）：

▶步驟一、蒐集並研讀文獻

文獻探討是研究與論文寫作的基本功，一般來說，文獻探討
具有下列的功能。如：(1)界定或發展新的研究問題；(2)將研究建
立在先前研究的基礎上；(3)避免無意義及不必要的重複研究；(4)
選擇更適當的研究設計與實施；(5)與先前研究發現相互比較，並
從事進一步的研究（張慶勳，2010，頁54-55；請參考本書「閱讀
與消化文獻是研究與寫作的基本功」及「蒐集與消化文獻同時並
進」）。

▶步驟二、將研究題目、研究動機及研究目的為三位一體的融合體

為能確定研究題目，研究者除了必須蒐集且研讀文獻外，同時
也要在心中構思研究動機，進而確定研究題目的取向。研究者在形
成研究題目與動機的同時，也要根據研究動機提出研究目的。此時
研究題目、研究動機及研究目的，初步構成並結合成三位一體的融
合體。也就是該三者可視為在同一時期內，相互激盪及互為回饋而
形成的融合體。

▶步驟三、確定研究問題與研究變項

研究者在構思及初步決定研究題目、研究動機及研究目的後，
要確定研究問題與研究變項。研究問題從研究目的所引申而來且更
具體（有的研究稱為「待答問題」）。研究變項具有「隱藏性」，
在研究問題內，或在研究的題目、研究架構中，即可瞭解有哪些研

究變項及其相互之間的關係。

▶ 步驟四、進行研究設計與實施

當確定研究題目、研究動機、研究目的、研究問題與研究變項後，研究者為達成研究目的，需要對該研究予以設計並實施。研究的設計與實施包括擬訂研究架構、提出研究假設、選擇研究樣本與抽樣、編製研究工具、運用合適的研究方法。其後將研究所蒐集的資料，進行分析與討論，最後形成該研究的結論與建議，而完成該研究。

▶ 步驟五、撰寫論文

研究者在蒐集、研讀文獻時，即可開始規劃著手撰寫論文，以後陸續在各種階段中，不斷地增刪與修補，最後才呈現完整的研究成果。因此，研究歷程的每一階段都有相互影響，互為回饋的作用，並構成一個堅固且有完整性、邏輯性的架構網。

☞ 參考文獻

張慶勳（2010）。《論文寫作手冊》（增訂四版一刷）。臺北：心理。

柒 質性研究的歷程

質性研究的歷程可從下列的步驟予以思考及設計：

▶步驟一、從開放性的策略開始

質性研究要從哪裡切入，是個策略性的問題。例如：

當你關心某一團體、組織、族群、社會的文化關懷，並強調探索其人們的生活方式，對該群體在某一段時間，所共同演化及導引出的信念，與決定的行為準則及規範，而詮釋其意義時，你會採用俗民誌（ethnography）的研究取向，實際置身於場域的文化中，進行參與觀察或訪談。

當你欲對瑞士教育心理學家Piaget的認知發展階段，如何運用在學童的教學策略時，你會選擇個案班級、觀察教師的教學策略與學生學習成就，進而對該理論有更深入的瞭解和詮釋。這就是一種工具性的個案研究。假如你對某一個人、團體、族群所發生的特殊事件需「深入」探究，並「挖掘」其深藏的寶藏時，你可採用本質性的個案研究，蒐集資料、分析與詮釋其深層的意義。

其次，假如你的個案研究係屬於探索性、詮釋性，或描述性的不同性質或類別時，都會影響你如何選擇樣本，以及研究設計、蒐集資料、分析與詮釋意義的策略。

▶步驟二、暫時鎖定某一研究方向或主題

根據前述的開放性策略，你可以先暫時鎖定某一研究方向或主題。此一主題可能是你在生活現場中所發現而亟待解決的問題，也可能是從相關學理論述的文獻中所獲得，或是從研究典範中所導引而出。不論如何，這些研究方向或主題都是暫時性的，而且是符合生活場域的實際現象，同時也具有學理論述的基礎。雖然如此，生活化、實地性、在地化是研究方向與主題的根源，學理論述與研究

典範則是研究途徑或方法的立論基礎。研究者即在實務場域的實地應用性與學術論述基礎相互融合之中，逐漸聚焦研究焦點。

▶步驟三、選擇樣本

樣本的選擇是「因為你值得」，所以要「尋找個案貼近她」，也因為從「她」那裡，我可以得到豐富的資料，並發生在她「身上」或「身邊」的事件，以及各種現象，有值得我深入探究的價值與意義，因此，「有妳真好」。所以，質性研究主要係以立意（判斷）取樣（purposeful, judgment sampling）的方法選擇樣本進行研究的。

▶步驟四、與參與者建立互信的良好關係

與參與者建立互信的良好關係是決定研究過程是否順利的重要條件，你們之間的互信、承諾、研究倫理的遵守，以及參與者是否能將其內心深處「心裡的話」說出來，將視你們之間的關係而定。

▶步驟五、進入現場，深入其境

只有在現場，才能得到真正的資料，也唯有現場的資料，才具有真實性與可靠性。但在研究過程中，切忌研究者「情感的投入」，而影響研究的結果，你必須做到的是：「進入現場，深入其境」，以及「深得其心」。

▶步驟六、蒐集資料

質性研究的資料蒐集主要有訪談法、觀察法與文件分析。研究者可依研究目的運用不同的研究方法。例如：

訪談法：可對研究對象進行深度或開放式訪談，從他們的經驗、意見、知覺、感受和知識等做直接的描述。

觀察法：對研究對象的活動、行為、人際互動，及可觀察的其他相關組織經驗、歷程等的臨床觀察、參與觀察或非參與觀察。

文件分析：從研究對象所相關的組織、個人、日誌、行動方案；或事件紀錄，章程規約與信件；或官方出版品及報告文件等，

都是文件分析的資料來源。

▶步驟七、逐漸聚焦研究目的

因為在研究過程中，會不斷的產生問題、發現問題，假如沒有將焦點聚集，研究的主題將會不斷擴大。這時候，研究者可將觀察的範圍逐漸縮小並聚焦在某一焦點上，在資料的編碼與分析上，可以從開放性編碼到主軸編碼，再到選擇編碼等的過程，而使研究目的隨著在研究場域中不斷的進行而逐漸聚焦。這就是質性研究的特性之一。

▶步驟八、資料的關注、訴說、轉錄、理解、編碼、描述、分析、詮釋、閱讀

研究者在資料的蒐集過程中，需要對所訪談或觀察的參與者及其所提供的資料予以「關注」，其次，研究者要將資料「轉錄」成逐字稿，再經「理解、編碼、描述、分析、詮釋」的程序，而呈現有「意義化」的研究結果。

做分析與詮釋時，建議你從what, why 與how去進行，從這些可以詮釋故事的本質。

What 代表調查結果的數字，假如有一些值得探討的顯著性差異，或真的都沒有顯著差異時，也可以進行分析。

Why 代表的是為什麼會有如此的現象，也就是此一現象所發生的脈絡背景。

How 則是此一現象是如何發生的，其過程是如何進行的。

在此要特別提出的是，此一階段強調分析與詮釋意義的根據及立論基礎，也就是與文獻對話的重要性。

▶步驟九、撰寫論文

論文的撰寫包含文本的架構鋪陳與編輯格式、文獻的分析與詮釋力，以及作者的寫作風格，它是研究過程的一部分，也是展現研究者做研究與寫論文的力道所在。

第 八 章
依研究目的選擇研究方法

壹 調查研究法

一、調查法的適用時機

當研究者想要瞭解臺灣少子化的趨勢，以作為推估各級各類學校學生來源的多寡，以及評估教師人力需求的依據時，他要運用問卷調查，或是在各地的戶政相關單位獲取歷年的人口出生數，以便瞭解每年的人口出生率，以及推估未來幾年後的人口出生數，而作為進一步的解釋及提供教育與相關單位的決策參考。

再者，一位教師想瞭解班級中男女學生對學校宿舍門禁的看法，這位教師就可用問卷調查的方法蒐集資料，同時也可以從所蒐集的數據中，瞭解學生對該事件看法是否一致性及分歧性，也可以作為比較的依據。

其他如候選人想瞭解選民對某一議題的態度、政府決策單位所要施予的政策先行試探民眾的看法，可以使用電話訪談調查的方法蒐集資料，最後則將所蒐集的資料經統計分析做出描述、分析與預測的解釋。

問卷調查、訪談調查和電話調查等，都是研究者可以使用的調查法，調查者主要的目的在將所蒐集的資料（如數字或填答者在

開放式問卷中所提供的文字敘述等）經由統計程序，或是歸納的方法，作為描述事實現象，並據以作為差異的比較，或預測未來的統計依據，調查法是較為適當可行的蒐集資料方法。

二、田野調查是偏向質性研究取向的調查法

除了問卷調查、訪談調查和電話調查等較為偏向量化趨向的研究之外，在研究領域中，則有偏向質性研究取向的「田野調查」，此一研究方法主要是在某一特定的區域或地區（field）深入其境，對該field人們生活的方式進行深度的文化關懷蒐集資料後，再進而以深厚的理解、描述、分析及詮釋意義的歷程。

田野調查主要係以訪談法、觀察法和文件分析等方法為主的質性研究方法，也是個案研究取向為主的研究（有關質性研究請參考本書其他章節所述）。

三、使用量化取向的調查時要注意的事項

不論是使用問卷調查、訪談調查和電話調查等量化取向的研究方法，研究者必須思考如何以文獻探討或學理論述為奠基，據以編製問卷題目，並使用統計程序建立問卷的效度與信度。

其次，要考量施測對象的代表性、研究樣本的選擇方法、問卷發放與回收的經濟效率性、回收百分比的多寡、統計數字呈現的方式，以及如何選擇適當的統計方法，並據以分析及解釋數字的意義。

貳 相關研究法

一、相關研究法的適用時機

假如一位國小三年級老師要瞭解三年甲班的學生是否國文成績愈好，數學成績就會愈好；或是三年甲班與三年乙班二班學生的社會科段考成績是否有差異。或將高中三年級學生學校的複習考成績預測他們在大學基本學力測驗的成績時，就是在探究兩個或多個變項之間的關係，這時他們可使用相關研究法。

相關研究法主要是在解釋研究變項之間的關係，例如，一般教育領域的研究生所寫的學位論文，大多可以看到論文題目的形式為「_____關係之研究」，且是以下列四種研究目的（尤其是碩士學位論文）：

- 目的一：瞭解_____的現況。
- 目的二：瞭解（或探討）_____之間的差異。
- 目的三：瞭解（或探討）_____之間的關係。
- 目的四：瞭解（或探討）某一變項對另一變項的預測力。

前述的題目形式與研究目的似已成為制式化的現象，本書作者認為此一現象已限制或使研究生無法開展創新的研究。有關造成此一現象的原因與後果不是本章節的重點，惟可使讀者瞭解的就是相關研究主要是在研究什麼。

二、統計方法在相關研究中的重要性

研究者為達成研究目的，必須慎選統計方法。因此，統計方法的基本概念與運用時機，是研究者探討研究變項之間關係時所應具備的基本功。例如，在前述四個研究目的中可以使用的統計方法如下：

- 目的一：瞭解＿＿＿＿＿＿的現況。

  統計方法：百分比、標準差

- 目的二：瞭解（或探討）＿＿＿＿＿＿之間的差異。

  統計方法：變異數分析（如 t 考驗、單因子變異數分析、雙因子變異數分析、多因子變異數分析）。

- 目的三：瞭解（或探討）＿＿＿＿＿＿之間的關係。

  統計方法：積差相關、典型相關，或其他相關係數的統計分析。

- 目的四：瞭解（或探討）某一變項對另一變項的預測力。

  統計方法：逐步多元迴歸分析。

　　除了上述的統計外，研究者對其他相關統計用法仍是必備的基本素養，而研究者依研究目的選擇統計方法是必要的第一步，其次則要將所蒐集的資料以諸如SPSS等電腦軟體進行統計的運算程序與解釋數字的意義了。

 事後回溯法

一、事後回溯法的適用時機

有些事件是研究者無法掌控，但實際上卻發生了，這時候研究者若想要瞭解事件發生的原因是什麼，就是事後回溯研究（ex post facto research）的主要目的。例如，研究者想要探究得肺癌的人是否為抽菸所造成的，或是一位教師想瞭解學生行為偏差所形成的原因是什麼時，他們都用事後回溯研究予以探究。

二、進行事後回溯時的考量

因為研究者所要探究的是已經「發生且是存在的結果」，再據以探究其「成因」，所以事後回溯研究也是一種回溯性的因果關係研究。而研究者仍須考量事後回溯研究的一些特性或注意事項。例如：

1. 從已經「發生且是存在的結果」探究其「成因」的因果性研究。
2. 「原因」與「結果」的變項是研究者無法控制的屬性變項（如性別、智力、人格特質）。
3. 研究者不做違反人道或道德的事情。例如，不能請研究個案抽菸。
4. 研究者可考量運用相關的現成資料（如統計資料、文件檔案）作為分析的依據。
5. 因為發生結果的事件個案已經存在，所以研究者無法隨機選擇研究個案，也無法選擇研究個案的特性。

肆 實驗研究法

一、實驗研究的意義與適用時機

實驗研究法（experimental research）乃是透過科學的方式，控制足以影響實驗結果的自變項（independent variables），藉以探討自變項與依變項（dependent variables）的關係，也是在眾多研究中，為一種能說明其因果關係的研究。

當研究者隨機選取樣本，將受試者分派到不同的實驗處理或情境（例如，實驗組與控制組），並在實驗組中操縱自變項，且控制其他有關變項，而觀察一個或多個變項的結果，並將實驗研究所得的結果進行比較時，就是在進行實驗研究。其目的除了在解釋自然界的現象，以及瞭解現象之間的關係外，並期望研究結果能予以預測與影響實驗環境之外的母群體行為。換言之，實驗研究想要更具有說服力，以說明某個社會現象的因果關係。

若要做好實驗研究，須瞭解研究的幾個基本組別與變項之間的關係，同時也要知道如何進行實驗研究。茲說明如後。

二、真實驗研究與準實驗研究的比較

隨機化（randomization）與控制變項（control variable）是為真實驗研究的主要特徵。研究者藉由隨機化的方式來控制一切干擾或混淆變項，使兩組（實驗組與控制組）除了研究者所操弄的實驗變項不同之外，其各方面的特徵會趨近於相同，並可藉由實驗結果推論至母群體。此方式是確保實驗的「內在效度」與「外在效度」。從研究的角度而言，真實驗研究是透過嚴謹的控制程序，讓研究者更能確信其實驗結果乃因操弄實驗變項所產生的效果，是一理想的實驗設計方法。

　　然而，真正的實驗研究是在實驗室中，透過嚴格的控制與操弄來進行，但在實際的人文社會環境中，研究者常無法採取隨機化的抽樣，將受試者隨機分派到實驗室的實驗組與控制組，例如在教育情境中，想要得知有關建構式數學法對五年級學生的成績影響，在現有的班級組織中，因為礙於造成學校行政的困擾，無法打破原有的班級結構，以隨機化的方式安排實驗組與控制組。因此發展出準實驗研究（quasi-experimental research）方法，即將真正實驗研究的原理運用在實際人文社會環境中，進一步採用適當的實驗設計，以符應並解決人文社會的實際問題。

三、實驗研究的基本概念與變項

　　在實驗研究中，需要瞭解幾個基本的專有名詞，如實驗組與控制組、自變項與依變項，俾能順利有效進行研究。茲說明如后。

(一)實驗組與控制組

　　在實驗研究當中，為了能有效評定自變項對依變項的影響，設定一個可供比較的組別是必要的。在實驗研究中，會透過隨機化的方式安排兩組（或兩組以上）的受試者，接受研究者實驗處理的一組稱之為「實驗組」（experimental group），而未接受實驗處理的一組稱之為「控制組」（control group）。例如，在準實驗研究中，一位國小三年級教師隨機抽取60名學生，將他們分派到實驗組與控制組，教師先分別給予前測，得到第一次測驗的成績，接著教師在實驗組中進行建構式數學解題的教學方法，而控制組的學生則不予以任何的教學方法處理。經過一個學期後，教師分別對實驗組與控制組的學生施予後測，然後比較兩組學生是否因實施建構式數學解題的教學結果，其數學解題的成績會有顯著性的差異。

　　以此研究為例，在此例中，實驗組係指教師（研究者）進行建構式數學解題教學方法的組別，而控制組則是教師不施予任何處理（也就是不實施任何教學方法）的組別。

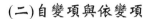

(二) 自變項與依變項

在實驗設計中，實驗者透過系統地操弄與處理的變項，藉此來觀察依變項的變化，稱之為「自變項」，其為因果關係的「因」。自變項（也可視為處理變項）為教師所實施的建構式數學解題教學方法，從研究方法論而言，自變項為教師（研究者）所實施或處理而足以造成教學（處理）結果差異的教學方法（處理方式），所以又稱為「實驗變項」、「實驗情境」，或稱之為「處理變項」。例如，在教育研究中，教學方法或策略、學習原理的運用（增強方式、增強次數）、學習環境的安排等，都可作為自變項。

此外，依變項又稱效標變項（criterion variables），會因為自變項的變化而可能隨之改變，也是教師（研究者）實施教學（處理）的結果，它是隨著研究者操弄自變項所形成的，又稱為「結果變項」，或因果關係的「果」，是依循實驗處理的結果而來的，也是研究者所期望的結果。

據此，實驗研究是一種因果關係（cause-and-effect relationship）研究，強調「處理」（treatment）和「結果」（outcome）之間關係的研究。例如，「家庭社經地位」影響兒童「自我觀念」，前者即為自變項，後者即為依變項。

(三) 混淆變項

混淆變項為可能影響依變項或評量結果的變項。狹義來說，是指未控制的變項；廣義而言，係指在研究設計中，除了自變項之外，可以會影響依變項結果的變項。可分為中介變項（intervening variables）與無關變項（extraneous variables），茲說明如下：

1. 中介變項

許多的研究中，自變項與依變項之間並不是一種簡單的刺激反應關係，因為上述兩種變項（或因果）之間存在難以控制或評量的變項。例如，一位研究者欲探究英語教師採用新的教學策略對學生

學習英語成就的影響，這時候，焦慮、疲勞、動機等可能也是介入影響教學結果的因素之一，然而這些因素難以作操作性界定，但也不能予以忽略，而須透過適當可行的研究設計予以控制。

2. 無關變項

無關變項係指在實驗研究過程中，實驗者無法控制卻對實驗效果或研究結果的解釋有重要影響的變項。例如，教師的年齡、情緒，以及學生家長的社經地位等，都可能是影響教師教學策略對學生學習成就影響的因素、但這些對研究者而言，都是難以控制的。

(四)內在效度與外在效度

在進行實驗研究過程中，為了確定經由實驗所得到的研究發現是正確及可靠的，研究者就無可避免地要面臨所謂「效度」（validity）的問題。在實驗研究中，有兩種效度必須格外加以重視，就是內在效度與外在效度。內在效度所重視的是自變項與依變項的間的因果關係，而外在效度所關心的是實驗結果的可通則化及推論問題（generalizability）。一般來說，研究者首先應重視內在效度，因為一個實驗若沒有內在效度，則無法建立所要測量的因果關係，而一旦研究者無法確定因果關係，則所用來通則化的實驗結果，也只是一個不正確的結果。進一步來說，就算實驗結果無法加以推論，只要實驗本身具有內在效度，就能增進我們對社會問題及現象的瞭解。因此，內在效度的重要性，通常會是先於外在效度。

四、如何進行實驗研究

對於大多數的研究者而言，研究的過程有如唐朝詩人賈島所云：「松下問童子，言師採藥去。只在此山中，雲深不知處。」大凡從事人文社會科學研究工作者，不論是因為何種動機的驅使，研究題目的界定與釐清著實不易，需要在浩淼的文獻海中找尋，並與實地的研究場域相互撞擊，真是煞費苦心。以下針對進行實驗研究

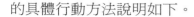

的具體行動方法說明如下。

(一)融合文獻與研究場域實務的問題

文獻的立論基礎與研究場域的實務現象，兩者攸關實驗研究的成敗。研究者根據相關文獻的論述與研究結果，瞭解研究場域所要解決的問題，進而決定研究目的。因此，研究者必須以文獻與相關研究為研究過程的基本功，再結合研究場域實務的問題後，是奠定實驗研究根基的第一步。

(二)決定研究目的

誠如前述，研究者根據文獻的立論基礎與研究場域的實務現象，才能真正從研究問題的背景脈絡聚焦於研究問題的本身，進而確定所要研究的目的，這是研究者必經之路。

(三)提出研究假設

當確定研究目的之後，研究者須根據研究目的提出研究假設。由於研究者須經由實驗處理的歷程以蒐集資料，並經統計分析後，才能確定實驗處理的效果。因此，研究假設以實驗效果是否具有顯著性差異的敘述方式呈現為宜。

(四)設計實驗設計

研究者依研究目的與研究假設進而設計適當的實驗研究設計，以進行實驗處理。一般而言，研究設計可包含下列的實驗設計：

1. 前實驗設計
(1)單組後測設計。
(2)單組前後測設計。
(3)靜態組比較設計。

2.真正實驗設計

(1)等組前後測設計。

(2)等組後測設計。

(3)四個等組設計。

3.多因子實驗設計

(1)獨立樣本多因子設計。

(2)非獨立樣本多因子設計。

(五)選擇與隨機分派樣本

　　為能使實驗組與控制組的條件相等，確定實驗結果是由研究者操弄實驗變項所產生的結果，研究者須設法妥當控制可能影響實驗結果的所有無關因素外，也要先以隨機化的原則在某一特定的母群體中，使每一個體都有相等被抽取作為研究樣本的機會，然後再用隨機分派的方式，將這些樣本分派到實驗組與控制組，分別接受不同的實驗處理。在選擇與隨機分派樣本時應要注意「霍桑效應」（Hawthorne Effect）的問題，實驗組的行為可能會因為意識到有人在研究他而有所改變。因此採用雙盲（實驗組及控制組對外宣稱皆是實驗組）做法是必要的。

(六)分組實驗操作與控制變項

　　為使實驗研究具有內在效度，研究者在實際進行實驗操作時，除了依既定的實驗設計進行實驗處理之外，也必須控制與實驗處理無關，但又可能影響實驗結果的變項或因素。例如，研究者可以經由適當的實驗設計，以控制實驗變異量、無關變異量和減低誤差變異量到最小。茲說明如下：

1.控制實驗變異量

　　為能使實驗處理的自變項與依變項之間有顯著性的差異，且能利於判定其實驗結果是否為實驗處理所產生，實驗者須將實驗變異

量增加到最大的程度，以使研究結果能有顯著性的不同。例如，一位研究者欲研究建構式數學解題方法與傳統數學解題法對學生數學解題能力的影響，研究者須使這兩種教學法彼此有很大的差別，如此它們所造成的實驗結果才能容易判定是否為實驗處理所產生的。

2. 控制無關變異量

在研究過程中，有些對實驗效果會產生混淆的現象是實驗者無法控制的，但其對研究結果的解釋卻有重要影響。這些無關變項所產生的變異量常會影響到實驗的結果。因此，研究者必須設法控制實驗變項以外的無關變項，使它們對實驗效果的影響減至最低的程度，以免影響解釋實驗結果的判斷。例如，以隨機化抽取及分派樣本至實驗組與控制組；實驗環境及設備相似（如電腦或音樂教學使用同一間教室教學）；或移除性別等的變項，但此種方法可能會影響實驗結果的推論；或採用共變數分析（analysis of covariance）的統計方法處理，都是控制無關變異量（或無關變項）的方法。

3. 減低誤差變異量到最小

在研究過程中常因有些無法認定或控制的因素，以及測量誤差，而產生實驗研究誤差的現象。因此，為使實驗組與控制組之間的組間變異量有顯著性的差異，而能有效判定實驗結果的差異，是因為實驗者操弄自變項所產生的結果，所以須在實驗的總變異量中，減低誤差變異量到最小，而使組間變異量增大。所以研究者除了妥善控制實驗情境外，也要提高研究的可靠性，以使組間的差異有可能達到統計上的顯著水準。

此外，研究者也要留意其他可能干擾實驗結果的因素，以使實驗研究具有內在效度。例如，受試者是否在接受實驗的同時，也同時經歷一些足以影響實驗的事件或經驗，以及受試者的流失，或受試者心理、生理上的成熟度，或受試者接受前測後，是否受到前測經驗而影響到後測的結果，或是測量工具前後內容的不一致性，或統計迴歸〔受試者的測量分數在第二次時有向團體平均數迴歸（趨

近）的傾向〕等因素，都是干擾實驗結果而影響實驗研究內在效度的可能因素。

(七)研究結果的統計、分析、討論、解釋與預測

研究者對實驗處理後所得到的研究結果，會依研究目的而運用適當的統計方法，以及將研究結果與文獻對話，進行分析討論、解釋與預測。而研究者在將研究結果作概括性的預測或推論時，要考量諸如受試者如果同時參與前測及後測時，可能會受到前測經驗與敏感性的影響，或是受試者獨特的心理特質，或受試者可能因為知道正在接受實驗所產生的預期心理及行為，或受試者因同時參與不同的實驗處理所產生的干擾現象等因素，是否影響研究結果的外在效度。

(八)驗證假設

研究者在完成前一步驟後，將研究結果驗證與研究初期所提出的研究假設，進而判定研究假設是否獲得支持。這是研究者所期盼要得到的實驗成果，同時，研究者也能據以提出研究的結論。

(九)撰寫論文

研究者以撰寫論文、提出報告或發表，而能呈現整個研究的系統性與完整性。

 訪談法

一、訪談法的定義

　　訪談法（interview）是質性研究的主要研究方法之一，研究者（訪談者）為達成研究目的，選擇經由訪談者與受訪者之間面對面的互動，透過彼此之間的對話而蒐集資料的歷程。在訪談過程中，訪談者與受訪者都需要面對面的互動，他們可使用簡單的字句且透過口語表達意義，訪談者也可依實際需要，針對受訪者所引申的事件或意義，再予以加深加廣，並更深入的問答。Berg（2009, pp. 101-157）認為從整體的觀點分析，訪談的過程就如同劇場內的表演一樣，不論是從編劇開始，到表演者的角色、觀眾對表演的評價，它們是一種整體性的戲劇化過程，因此，訪談是一種藝術，而非僅是技術或科學。

二、訪談法的類型

　　對訪談法的分類，因不同的分類標準而有不同的分法。例如，依Patton（2002, p.349）的分法，訪談法可以分為非正式談話訪談（informal conversation interview）、訪談導引途徑（interview guide approach）、標準化且開放性訪談（standardized open-ended interview）、封閉且固定訪談（closed, fixed-response interview）等四種類行。另外，Berg（2009, pp. 104-109）則分為標準化訪談（standardized interview）、非標準化訪談（unstandardized interview），以及半標準化訪談（semistandardized interview）等三種型態。其他還包含諸如正式訪談（formal interview）與非正式訪談（informal interview）；結構性訪談（structured interview）、開放性訪談（open-ended interview）與半結構性訪談（semi-structured interview）的分法。而深度訪談法（in-depth interview）也是我們所常見到的訪談類型，茲簡介如下：

(一)Patton（2002, p. 349）的分法

1. 非正式談話訪談

非正式談話訪談係指在當下立即性且自然的情境中進行訪談，此種訪談建基於對受訪者個人與環境觀察的結果，而提出訪談的問題，雖然可使問題與當時的情境增加特點與關聯性，但因為此類訪談會因不同的參與者而有不同的訪談問題，因此，在蒐集不同資料來源後，對某一特定的問題，可能在分析上會產生困難。

2. 訪談導引途徑

訪談導引途徑係在訪談之前，就已設計好訪談的議題或問題的綱要（含問題的次序與措辭），然後在訪談的過程中，請受訪者依問題逐題回答。此類訪談所蒐集的資料較有系統性、容易分析。在訪談進行的過程中，訪談者也較能掌握與預期他與受訪者之間的互動關係。雖然如此，所蒐集的資料比較缺乏因應情境所產生的變化，也會減低不同受訪者之間資料的比較性。

3. 標準化且開放性訪談

在訪談之前，標準化且開放性訪談問題的次序與措辭就已決定好，且問題是以開放性的格式呈現，所有的受訪者都在同一程序中接受訪談。所以所蒐集的資料較容易分析與比較，但仍缺少因應情境變化所應有的彈性。

4. 封閉且固定訪談

在封閉且固定訪談中，訪談的問題與受訪者要回答的形式都在訪談之前就設計好，受訪者在這些已設計好的問題中回答問題，因此，受訪者可以直接就回答問題，而訪談時間較短，所蒐集的資料容易比較。但受訪者必須依原來的問題設計逐一回答，所以對受訪

者而言，缺少個人化，也有可能因受訪者要因應訪談者的要求，而會有扭曲問題的結果。

(二)Berg（2009, pp. 104-109）的分法

1.標準化訪談

當研究者（訪談者）設計一份有結構性的訪談題目，提供具有固定選項，或明確具體答案的問題讓受訪者回答時，就是一種標準化的訪談。此類訪談的基本假定是，研究者（訪談者）瞭解受訪者具有該研究的理論或實務的背景，同時，受訪者也能提供足夠的資料以供研究。例如，我們常對客人說，「你要喝茶或咖啡」，以及「你的領導風格是什麼」，「你幾點起床」等，這些都是標準化訪談的題型。

2.非標準化訪談

受訪者有他們各自的背景與對意義的表達方式，係非標準化訪談的基本假定，此類訪談的題目不是訪談前就已經設計好的，而是研究者（訪談者）在與受訪者的互動過程中逐漸發展而成。甚至於，訪談者可能因視訪談當時情境之需要，以觀察所引申的問題而與受訪者互動對話。

3.半標準化訪談

在半標準化的訪談中，訪談者會依研究目的設計好訪談的問題，其次，當進行訪談時，訪談者會循著受訪者回答的問題，進一步詢問下去，以獲得更為深入的解答。例如：

訪談者：你曾閱讀或看過有關哈利波特的小說或電影嗎？

受訪者：有看過有關哈利波特的小說。

訪談者：請你說說你的心得，與我們分享。

受訪者：……

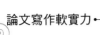

(三)正式訪談與非正式訪談

正式訪談通常是指訪談者依研究的需要，而與受訪者約定訪談時間、地點，以及說明研究目的或主題所進行的訪談。有時候，受訪者會要求訪談者先給予具體明確的訪談大綱或題目，俾利於準備應答。

非正式訪談則偏向於訪談者與受訪者之間的互動係屬於自然情境下，不是預先約定好的，但仍是有依循研究目的而進行的訪談。此類訪談具有徵詢意見的特點，也有可能是為了建構進一步正式訪談時的題目所做的意見調查。

(四)結構性訪談、開放性訪談與半結構性訪談

從訪談的題型而言，當訪談題目係為具有明確固定選項，受訪者在既定的選項中回答時，是屬於結構性的訪談；假如訪談題型可以讓受訪者自由發揮時，是為開放性訪談。而非結構性訪談的題型則包含結構性訪談與開放性訪談的特色。

(五)深度訪談法

當訪談者欲深入探索受訪者更為深層內在的經驗、感受、知覺或意見時，訪談者就可運用深度訪談，繼續向受訪者「挖寶」。這時通常是使用深度且開放性的訪談，而與受訪者互動。

三、訪談法的問題與取捨

研究個案的選擇、研究場域、研究倫理、研究者的角色、研究工具、資料的編碼與記錄、資料分析的策略、研究者與研究對象的稱謂方式、研究的可靠性與真實性等，是質性研究方法論所要思考的問題，而運用訪談法也有相似的考量，茲將訪談法常遇到的問題，以及其取捨之間的考量，說明如後以供參考。

(一)使用電話訪談的步驟或考量因素

　　傳統上，訪談應是訪談者與受訪者之間面對面的互動交談；但是因有時候無法面對面；或是亟需對某一問題予以瞭解；或是因訪談者與受訪者在電話交談過程中，談到訪談計畫內容時，使用電話訪談也是一種可行的方式。但當訪談者使用質性電話訪談時，必須是雙方都有深厚的良好關係為基礎，確信受訪者對該研究是不可或缺的，且能提供該研究翔實而豐富的有用資料來源，其次雙方須有一共同的約定，讓受訪者知道正在接受訪談，這樣的訪談才具有合法性與正當性。同時，假如需要錄音時，也要讓受訪者同意之。

　　質性電話訪談有時也雷同非正式訪談的性質，假如訪談者與受訪者之間的默契與關係良好，雙方互動的方式並不一定都要限於面對面的交談時，這種訪談的效果並不比正式訪談差（這是我的經驗，所以選擇個案是很重要的）。

(二)訪談者的角色

　　訪談者的角色主要是在建構營造訪談者與受訪者之間的良好關係，只有兩者關係自然且良好時，受訪者較能坦然表露內心深層的心路歷程。因此，訪談者應居於創造性的角色，而非僅是被動性的行動者。

(三)訪談時間的長短

　　訪談法是一種費時且曠日持久、有價值性的資料蒐集技術，但訪談時間的長短與研究主題（如生命故事的敘說分析，或校長的決策過程）有關。假如研究者所要聚焦的問題需要較長的時間，或問題較多，或受訪者回答問題具有豐富性、詳細，研究者在分析資料過程中，判斷是否需要再繼續更深入的訪談等，都會使訪談的時間增長。例如，研究者可能會依受訪者的特質與訪談時的情境，隨時適度調整訪談問題的順序，以及延展其相關的問題，以豐富研究議題的內涵，此時的訪談時間就會拉長。

(四)訪談的地點

通常在正式的訪談時，訪談者會配合受訪者的方便，而約定訪談的時間與地點。例如，受訪者的家裡、工作地點，或其他雙方約定的地點。通常訪談的地點以雙方共同約定，以及舒適、適合兩人獨處的場景為宜。

雖然如此，並非每次的訪談都是在同一地點。例如，以下是我在研究一位校長領導時，我的研究場景之說明：

> 　　筆者訪談明校長的地點常隨著彼此的約定而選擇不同的地點。有時是依既定的時間地點進行訪談，有時則是不期而遇。這些訪談的時間與地點的選擇主要係以筆者與明校長在自然的情境下進行的。其中最常訪談的地點包括筆者的辦公室、筆者服務學校的圖書館（明校長常常到學校圖書館讀書、蒐集資料）。有時也在筆者與明校長於同赴某一地方共處的時間或地點進行對話。例如，我們有時在車上，也曾經於香港及高雄機場進行對話。此外，筆者與明校長有時也共同參加學術研討會或專題演講，這些場合都是筆者觀察與訪談的地點，也是客勤學校（明校長服務的學校）以外的研究場景。

☆資料來源：張慶勳（2006）。校本文化領導的理念與實踐。高雄：復文。頁55。

(五)訪談者與受訪者之間的文化背景、生活習俗及語言的差異性

研究者在選擇樣本時應考量到個案的文化背景、生活習俗、語言與研究者本身是否有差異性，假如兩者於上述各方面的差異太

大，將會增加彼此之間溝通的困難度與相互瞭解的程度，造成研究者無法完全理解研究個案所表達的意義，而影響研究的真實性與可靠性。尤其是從事跨地區性、文化，或跨國際性的研究時，更需要留意此項限制因素。例如，當研究外籍配偶的生活適應與相關之研究時，則要考量研究者與個案樣本之間的文化背景，以及語言的隔閡問題。

四、訪談資料的分析策略

　　研究者將訪談所蒐集的資料，經由理解、描述（併同轉錄在逐字稿內）後，就需要進行分析的策略。我在《校本文化領導的理念與實踐》（2006）的研究中，以深度訪談的方法，探討影響個案校長領導的社會情境與學校組織文化脈絡的相關因素，並透過個案以回溯及反思敘說故事的方式敘述其成長背景，以瞭解其人格特質，及如何影響其領導的作為。同時也探討影響個案教育理念與實踐的背後之主要關鍵因素為何，俾更能深入詮釋個案教育理念，以及運用領導策略，形塑學校組織文化的深層意義。茲將該訪談資料的分析策略摘錄如下：

　　　　本研究在訪談的分析方面，視問題及個案之共通性或獨特性，而採用下列三種分析的策略。茲分別說明如下：

1.單一個案、問題分析

　　　　本研究在訪談的單一個案、問題分析方面，有對研究個案的看法，以及如何準備成為一位校長，並針對其教育與辦學理念、領導策略的理念等分析。

2.與個案相關人員的訪談

　　　　在與個案相關人員的訪談方面，即是訪談個案的妻子與父母、任職校長前的學校校長、同事，任職校長的學校前任

校長、主任、老師，個案的研究所博碩士班同學、校長儲訓班學員、輔導校長、師長及朋友等後，並針對他們所提供的資料進行分析。

3.統合不同人對同一問題的分析

為使本研究具有效度，本研究統合不同人對同一問題的觀點，進而分析與詮釋。例如，有關分析個案如何準備成為一位校長的主題，即是採用統合不同人對同一問題的分析策略。

☆資料來源：張慶勳（2006）。校本文化領導的理念與實踐。高雄：復文。頁52。

♪參考文獻

張慶勳（2006）。《校本文化領導的理念與實踐》。高雄：復文。

Berg, B.L (2009). *Qualitative research methods for the social sciences*. (7th ed.). Boston : Allyn & Bacon,

Patton, M. Q. (2002). *Qualitative evaluation and research methods* (3rd ed.) Newbury Park: SAGE.

觀察法

一、觀察法的定義

我們常聽到「百聞不如一見」這句話，事實上，有需多事情是要親身體驗才能真正去瞭解。質性研究裡，研究者須深入被研究者的生活世界；長期浸淫在研究場域中，不僅是在蒐集資料，同時也在不斷的學習成長學習。而觀察法（observation）就是研究者為瞭解研究對象（或稱為參與者）的某些行為、活動，及其所代表的象徵性意義時，在自然的田野場域（field）中，觀察他們的行為、活動、人際互動，以及各種生活經驗，並予以記錄、描述的蒐集資料歷程。

據此，研究者以觀察法蒐集資料時，強調從現場場域的自然現象中，以實地的（grounded）、田野的，以及「眼見為憑」的資料為主要來源。因此，質性研究所強調「讓資料說話」的精神，在觀察法中可謂彰顯無遺。

二、觀察法的類別

為能使所蒐集的資料保存原貌，以田野為基礎的觀察（field-based observation）應是最直接且具真實性及可靠性的效果。而以田野為基礎的觀察（field-based observation）包含參與觀察（participant observation）、田野質性觀察（field, qualitative observation）、直接觀察（direct observation）與田野研究（field research）等慣用語（Patton, 2002, p. 262）。若從研究者依研究目的與觀察的逐漸聚焦而言，Spradley（1997）所提出的描述性觀察（descriptive observation）、焦點性觀察（focused observation）及選擇性觀察（selective observation）可提供參考。

其次，以人類學的觀點而言，「emic」（自觀）與「etic」（他觀）是觀察者可以妥為運用的。其中，「emic」強調觀察者以自觀的、局內人的觀點或角度〔insider's perspective, researcher's perspective（view, angle）〕，在田野現場參與觀察；「etic」則係以他觀的、局外人的觀點或角度〔outsider's perspective, researcher's perspective（view, angle）〕參與觀察。

統合各種觀察法的分類，以直接的、參與的、局內人的觀點，在田野的實際自然情境中進行觀察，可說是最具有真實性與可靠性的資料蒐集方法。其次，觀察者可將觀察的焦點，依研究目的與實際情境逐漸聚焦在某一焦點上，亦如，自然觀察法（naturalistic observation）就與田野的實際情境有關，特別聚焦於研究場域之文化背景（culture setting）的觀察上（Patton, 2002, p. 262）。

茲以我在《校本文化領導的理念與實踐》（2006）的研究中，如何運用觀察法的論述，說明如下；

本研究採取Spradley（1997）所提出的描述性觀察（descriptive observation）、焦點性觀察（focused observation）及選擇性觀察（selective observation）三個階段的觀察策略，作為本研究觀察法的主要架構。

首先，在描述性觀察方面，筆者先以個案本身與其身邊的人事物，以及他人對個案的看法為觀察的對象。並融合觀察及訪談的結果，分析個案這個人的樣貌。筆者也以個案日常的校長生活與處理校務的情形、該校所辦理的各項活動，及師生間的互動等為觀察的重點。同時也融合觀察及訪談的結果，描述個案所服務的學校，及個案如何經營領導學校。

其次，在焦點性觀察方面，筆者將觀察的範疇再予以縮

小，並將所觀察範疇事項間彼此的關係予以分析其脈絡與影響關係。例如，選擇個案的領導策略與其如何形塑學校組織文化等進行觀察，並融合訪談、文件檔案分析，及領導的相關文獻，而做更深入的分析與詮釋。

★資料來源：張慶勳（2006）。《校本文化領導的理念與實踐》。高雄：復文。頁52。

三、觀察法的實施步驟

觀察法可分成以下的步驟予以實施：

(一)學習關心你所見到的，以及你所聽到的一切

學習關心生活周遭的每一項人、事、物，以及用傾聽的態度關注你所聽到的任何事物，是成為一位好的觀察者之第一要務，也是實施觀察法的首要步驟。同時在聞問和傾聽的過程中，也在不斷的學習觀察力、敏銳度與洞察力，因此，從事質性研究也是一種自我學習成長的歷程。

(二)聚焦研究目的，選擇研究方法

觀察法是質性研究蒐集資料的方法之一，研究者依研究目的決定是否採用觀察法。在同一研究中，觀察法可為唯一的資料蒐集方法，也可與其他研究方法併同使用，最後將所蒐集的資料予以綜合性的分析。此種經由三角檢證（triangulation）蒐集資料的方法，將使研究更具有真實性與可靠性。

(三)選擇研究個案，建立良好關係

立意（判斷）取樣（purposeful, judgment sampling）是進行觀

察法之樣本選擇的重要方法，所觀察的個案或田野都足以提供豐富的資料，是「值得」研究者所選取的對象（請參考本書「個案研究」專節中有關「選擇樣本」的說明）。此外，觀察者與受觀察的對象之間良好關係的建立，亦是進行觀察的重要條件。假如觀察者無法取得受觀察者的信任，觀察的結果將會是無意義的。

(四)約定觀察時間，決定研究場域

觀察者要與受觀察者共同約定時間及觀察的田野地點，此時對受觀察者的尊重，以及配合受觀察者的感受及需求，也是極為重要的。

(五)實際田野觀察，做好田野札記

在田野觀察的過程中，觀察者除了要對所觀察的人、事、物之動態與靜態等活動做詳細記錄（如可透過錄影、攝影、筆記等）外，也要對所觀察現象的觀感、想法、心得，或須再特別附記與被放的事項，做一些田野札記（field note），甚至於在觀察結束後，觀察者也要做研究日誌（research journal），記載有關研究思考的發展與轉化歷程，或對本研究進一步的分析、詮釋及發展計畫等事項的紀錄。因此，觀察者在研究觀察過程，以及各種田野札記或研究日誌的撰寫過程中，將會學習及獲得更多有關研究的素養。

★註：研究日誌為研究者在研究過程中（離開研究現場，或平時閱讀文獻，或撰寫研究報告時），所記載有關研究思考的發展與轉化歷程，或對本研究進一步的分析、詮釋及發展計畫等事項的紀錄。

(六)理解聚焦並進，厚實描述資料

知道如何將繁瑣的資料予以抽絲剝繭出來，是展現研究者真功夫的時刻。當觀察者將所蒐集的資料轉錄成逐字稿時，就要隨時理解資料的內涵與意義（這些工作在觀察的現場，就已經在進行），同時也要藉由資料的編碼、歸類，聚焦資料的內涵與意義，如此才能順利且有效的將資料予以詳細描述重點出來。因此，理解與聚焦

觀察的資料，從觀察的現場就已開始同時並進，經轉錄成文字後，研究者應予以翔實描述，俾供分析與詮釋之用。

(七)搭配文獻方法，分析詮釋意義

在研究過程中，有些研究者將個別研究方法（如訪談法、觀察法）所蒐集的資料，分別予以分析及詮釋。但到文本最後呈現的結論時，則應是整體研究成果的展現。所以研究者仍須以整體的觀點，搭配文獻探討，以及所使用研究方法所蒐集的資料，做整體性、統整性的分析與詮釋。

(八)運用理論飽和，兼具真實可靠

在分析與詮釋資料時，研究者常會發現不知如何進行下一步的分析討論或論述，這時候的最大可能原因，就是所蒐集的資料不夠，所以不足以成為分析與詮釋的論述基礎。因此，研究者必須運用扎根理論（grounded theory）所提出的理論飽和（theoretic saturation）觀點，繼續蒐集相關資料，一直到研究者認為可以停止為止。

(九)完成論文寫作，延展後續研究

完成論文寫作才算是一個完整的研究，研究者的寫作風格，以及文本的架構鋪陳、編輯格式，文獻的立論基礎、研究結果的分析與詮釋力，將是評析研究的重點。而研究者於該研究之後的續航力，也是延展學術生命力的指標。

✿參考文獻

張慶勳（2006）。《校本文化領導的理念與實踐》。高雄：復文。

Patton, M. Q. (2002). *Qualitative evaluation and research methods* (3rd ed.) Newbury Park: SAGE.

Spradley, J. P. (1997). *Participant observation* (6th ed.). New York: International Thomson.

 文本分析

一、文本分析的意義

　　傳統上，質性研究的資料來源除了從訪談或觀察所蒐集的資料外，在人類學的領域中，紀錄、文件、人為飾物，以及檔案，皆被視為有形的文化（Material culture）（Patton, 2002, p. 293），也是質性研究非常有用的資料來源。而從文本（context）所蒐集的質性研究資料，有時更甚於從文件（如文字紀錄、照片、文件檔案等）所引用資料的文件分析（document analysis）。因為，廣義地說，文本分析（text analysis）係指研究者從人類所經驗，以及製作的各種文字紀錄、照片、文件檔案等的資料中，予以分析的過程。文本分析資料的性質兼具人類的動態性經驗、行為活動，以及靜態性的文字檔案紀錄。

二、文本是什麼

　　文本是什麼？在《校本文化領導的理念與實踐》（2006）的研究中，我以文本呈現個案的生命故事，並提出文本的意義，茲說明如下：

文本是什麼？

　　文本分析研究是後現代主義研究方法論的研究方法之一，它重視研究者與被研究者之間語言的建構，及兩者的互動關係（秦夢群、黃貞裕，民90，頁239-240）。對於如何呈現生命故事的文本方面，有必要先瞭解什麼是文本的內涵。依Denzin（1995, p. 115）的分析，個體生命經驗的文

本通常在諸如神話、小說、歌唱、影片、自傳及傳記等文化文本（cultural texts）中呈現，而這些經驗則由日常生活中的社會文本（social texts）（如離婚、出生，或處理酒精中毒事件等）所形塑而成，並由社會文本賦予意義，及呈現在各種不同文本的版本中。其他如神話（Ricoeur, 1991, pp. 529-562）、地名（Basso, 1988, pp. 99-130）、儀式語言（Keane, 1995, pp. 102-124）、文化（Geertz, 1973, P. 10），或研究對象的生命故事歷程（鍾秀鳳，民92，頁163），都被視為文本。而Ricoeur（1991）則將論述的書寫「文本」發展至「有意義的行動」視為文本。筆者認為文化文本係指個體經驗的呈現與表達方式，而社會文本則強調隱含於文化文本背後的社會性行動，及其所代表的社會性意義。

Denzin（1995, pp. 115-116）將研究對象個體自身經驗與其表達方式的型態和層次，分成世俗的／活生生的（worldly/flesh-and-blood）、經驗的（empirical）、分析的（analytic）及文本的（textual）經驗表現。所謂世俗的／活生生的經驗表現，形容起來就像我現在坐在這裡打字一般，而這種經驗表現是不需用文本表現，卻可顯現出深刻體驗的情緒。而具經驗性的自身經驗係指出現在訪談，生命史，及個人敘說中經驗性的表達。分析式的經驗則是經由社會學家（研究者）以社會學術語敘寫研究對象經驗的一種理想的典型。文字紀錄的文本，則依其層次區分可包含經驗性、分析性的經驗紀錄。

個體生命故事的歷程亦可用繪圖的方式予以呈現。例如，我們常說「看圖說故事」，或用繪圖的方式，由「瞭解幼兒心事的作者，領著讀者跟隨小惠的眼睛，默默觀察、接

受周遭大人的忙碌。純稚卻失落的臉龐，直到最終發現新朋
友時，才驀然綻放笑容」（黃筱茵，92.9.7.，B2版）。這正
是一種記錄孩子成長歲月的軌跡。

誠如Tudor（1995, p. 81）所指出的，「文本的根源相當
複雜，且在發展過程中變化極大，以致很難清楚而簡單地對
其相關意涵作出說明。」文本是一種文化性、社會性的象徵
符號，它可為個體生命的歷程，也是一種世俗性、經驗性、
分析式的紀錄。文本兼具動態與靜態的性質，它可用各種不
同的形式呈現並融入生命故事中，強調研究者與研究對象之
間語言的建構及其所表達的社會性意義。

☆資料來源：張慶勳（2006）。《校本文化領導的理念與實踐》。高雄：復文。頁
44-45。

三、分析文本的步驟與策略

為能有效分析與詮釋文本的意義，研究者可依下列的步驟與策
略實施：

(一)瞭解研究對象的文本，以及可以取得資料的途徑

研究者依研究目的決定蒐集與研究個案相關的文本後，就要瞭
解研究個案有哪些文本是值得研究的資料來源。而這些文本則須視
研究目的，以及個案所擁有的資料為準。例如，在《校本文化領導
的理念與實踐》（2006）的研究中，我以文件檔案分析的方法，併
同深度訪談與觀察法蒐集資料，其中，在文件檔案的分析方面，則
以個案的著作文章，其所寫的各種心得感想，及他為學校所規劃設
計的各種活動資料，或學校的相關文件、照片等文件檔案，或媒體
的報導等作為選擇資料的來源（張慶勳，2006，頁52-53）。

　　此外，在瞭解研究對象的文本的同時，也要知道該資料的出處來源，而決定可以從哪些途徑取得資料。因為這些思考與行動是必須且需要同時進行的。

(二)理解與分析資料所產生的脈絡背景和如何產生的過程

　　研究者理解與分析資料所產生的脈絡背景和如何產生的過程，將有利於分析與詮釋文本，讓分析與詮釋能及其他方法所蒐集的資料更能予以連結，而其結果也能更具有深層的內涵與意義。

(三)檢視資料的正確性與可靠性

　　資料的正確性與可靠性是學術研究衡量研究價值與品質的標準之一，研究者以三角檢證（triangulation）的方法，多方檢證所蒐集資料的真實可靠性，除了使分析與詮釋的結果真實可靠之外，也能更具有深層的內涵與意義。

(四)將資料與其他諸如訪談法與觀察法所蒐集的資料併同分析

　　　為達成研究目的，本研究所蒐集的資料包含研究個案敘說過去的經驗與其當下正不斷進行的經驗。因此，本研究的研究方法包含生命故事敘說分析所常使用的深度訪談法（in-depth interview），並輔以觀察法（observation）、文件檔案分析法（documentary analysis）為主要的研究方法。同時也融合筆者與個案之間的互動與意義的詮釋，而以Riessman（1993, pp. 8-15）所採用的關注、敘說、轉錄、分析及閱讀等五個層級的敘說分析法，試圖將筆者所能理解研究個案的經驗予以再呈現（張慶勳，2006，頁51）。

　　上述為作者採深度訪談法、觀察法、文件檔案分析法為主要的研究方法，及分析與詮釋時的策略運用，可供參考。

(五)運用理論飽和，決定是否繼續蒐集資料

假如在分析與詮釋資料的過程中，研究者發現資料不足時，就可運用扎根理論（grounded theory）所提出的理論飽和（theoretic saturation）觀點，繼續蒐集相關資料，一直到研究者認為可以停止為止（參考訪談法及觀察法的實施步驟與分析策略）。

(六)分析與詮釋文本的意義

研究者經理解與描述資料後，接著就是進行分析與詮釋的工作。此時研究者必須融合文獻基礎的論述與研究目的，以及可參考扎根理論的編碼與分析策略，或在文件檔案分析上，運用內容分析法的策略，而將資料所呈現的現象（what），聚焦在「如何」以及「為何」（why）會如此的分析與詮釋上，而使其結果具有真實可靠及深層的意義。

☙參考文獻

張慶勳（2006）。《校本文化領導的理念與實踐》（第二版）。高雄：復文。頁52。

Patton, M. Q. (2002). *Qualitative evaluation and research methods* (3rd ed.) Newbury Park: SAGE.

 **個案研究**

一、個案研究的適用時機

　　當研究者擬對某一特定「個案」所呈現的事件或現象深入瞭解，進而分析事件發生的背景脈絡，以及如何產生此現象的過程並詮釋其意義時，就是從事「個案研究」（case study）的最好時機。

二、什麼是個案研究

　　研究者可以選擇某一特定的個案，以不同的研究典範，輔以質性（如觀察法、訪談法、文件分析等）或量化（如問卷調查、統計分析等）的研究途徑或方法，而達成研究目的。因此，「個案研究」不應視為一種研究方法；而更適切的說，它是一種研究途徑，或是一種研究策略。

　　由此可知，個案研究係研究者對某一特定的對象所呈現的事件或現象深入瞭解，進而分析事件發生的背景脈絡，以及如何產生此現象的過程，並詮釋其意義的一種研究途徑或研究策略。

三、個案研究的分類

　　個案研究的性質或分類，與研究目的、選擇樣本，以及研究設計有關。「如何」與「為何」以立意抽樣的方法選擇研究個案，對相關議題進行較為深層意義的分析與詮釋，則視個案研究的分類而異。個案研究的性質有以下的分類：

(一)Stake（1995, 2005）的分法

　　根據Stake（1995, 2005）的分法，研究者可依不同的研究目

的，而以立意取樣選擇所需要的個案，同時也依研究目的與取樣而將個案研究分成本質性的個案研究（intrinsic case study）、工具性的個案研究（instrumental case study）與集體性的個案研究（collective case study）等類型：

1. 本質性的個案研究

為深入瞭解探究某個個案，並對個案的某一特定事件深入分析以及詮釋其意義時，就是本質性的個案研究。這時候，研究者朝向對於研究個案一直繼續深入「挖寶」的「抽絲剝繭，追根究柢」做法。例如，探討某位初任校長其「為何」與「如何」成為一位校長的生命之旅，就是本質性的個案研究。

2. 工具性的個案研究

當研究者擬瞭解某一理論或事件時，可透過尋找相關的個案進行探究，以進一步對理論或事件有更深入的瞭解。這時候所進行的研究即是工具性的個案研究。例如，以某一個案教師為研究對象，觀察其班級經營的現象，以與班級經營的相關理論文獻對話，並做意義性的詮釋，即為工具性的個案研究。

本質性與工具性的個案研究有時難以區隔，依研究目的而兼具兩者的特性。也就是說，同時藉由對個案的瞭解，也對某一理論或事件有更深入的探討。

3. 集體性的個案研究

集體性的個案研究係指研究者將數個個案研究的結果予以融合後，經由綜合性的分析而更瞭解個案的認知或行為，或對某一理論有更多的例示作為論述的基礎。例如，經由系列的個案研究而「更」瞭解學生「如何」運用數位學習，以獲得科技知能。

(二)Merriam（2001）的分法

Merriam（2001）將個案研究分成俗民誌取向（ethnographic

orientation）、歷史取向（historical orientation）、心理學取向（psychological orientation）與社會學取向（sociological orientation）等四種研究取向。

1. 俗民誌取向的個案研究

俗民誌取向的個案研究源自於人類學的觀點，研究者深入研究場域，藉由每天與團體成員互動，並觀察他們的行為，瞭解他們的習俗與生活方式，以及對事件的觀點，進而描述、分析與詮釋個案團體的文化。此一研究取向主要係以研究場域的文化觀點（確切的說，就是他們的生活方式切入）進行分析與詮釋。例如，探討某一族群的生活習俗或是典章制度等。

2. 歷史取向的個案研究

歷史取向的個案研究係研究者透過直接觀察與訪談特定的關鍵個案，分析與詮釋個人或團體組織過去一段時間所發生的事件之前因後果，而不是將事件依時間所發生的順序排列而已。例如，分析學校的校史發展脈絡與變革等研究，可採用歷史性的分析。

3. 心理學取向的個案研究

心理學取向的個案研究主要係以將觀察人類行為的結果，與相關理論或文獻對話，進而解釋人類行為的意義。此一研究取向雖然係以個人為主要的研究對象，但有時諸如一個組織團體或是事件，也是研究的主體。例如，我們研究校長的領導行為，並將其行為與相關的領導理論相互映證，而解釋校長領導風格；或將Kohlberg的道德發展理論應用在兒童的道德發展與其行為特徵的預測及解釋上，進而提出教師的輔導與管教策略。

4. 社會學取向的個案研究

社會學取向個案研究通常係以某一家庭、宗教、政治活動、人口統計資料、社區化，以及與性別、種族、階級、年齡有關的議題為主要的研究焦點。此一研究偏向於社會組織結構與發展、社會互

動與關係，以及社會團體成員行為的觀察與解釋。亦即是，社會學取向個案研究是研究社會團體組織的結構、發展、互動關係，以及其所呈現在組織成員行為的預測與解釋。例如，觀察教室裡的師生互動而探討他們的行為模式；或研究大學的功能及其組織的轉型發展的因應策略；或探討教師參與教師專業發展評鑑的過程，及其在學校組織中的互動過程模式，都可運用社會學的觀點予以解釋。

(三)Yin（2003, 2009）的分法

Yin（2003, 2009）將個案研究分成探索性（exploratory）、解釋性（explanatory）與描述性（descriptive）三類。

1. 探索性的個案研究

探索性的個案研究試圖界定下一個研究的研究問題，或是決定研究程序的可行性。此類研究的設計通常是另一個研究（包含研究主題、研究方法、研究設計等）的前奏，它具有「前導性研究」的性質。例如，我們為了能順利進行學校組織的變革與發展，先就學校的歷史背景脈絡以及學校組織文化予以探究，是為探索性的個案研究。

2. 解釋性的個案研究

解釋性的個案研究試圖尋找個案所發生事件、方案的因果關係，研究的主要焦點在於分析與詮釋事件「為何」會發生、「如何」發生、「有何」影響等。例如，教師分析與詮釋學生的家長社經背景與學習成就之間的關係，即為解釋性的個案研究。

3. 描述性的個案研究

描述性的個案研究係指研究者對個案所呈現的現象予以完整的描述，而這些描述具有事實性（將現象具體描述，是屬於「實然」的事實）、完整性（將所有的現象逐字、逐句完整的描述出來）的特性。例如，研究者將訪談或觀察個案所得到的資料具體完整的描

述，就是描述性的個案研究。

四、個案研究的實施步驟

(一)界定所要研究的焦點

　　研究者首先要知道「為什麼要研究」以及「研究什麼主題」，也就是「為何」（why）研究與研究「什麼」（what）。此時研究的「目的」或主要的「焦點」，以及研究的「問題」（problem）或「主題」（topic）就可進一步予以界定出來，而研究者也藉由研究目的分析此一研究係屬於哪種性質的個案研究設計，進而決定選擇哪個樣本，以及所採用的研究方法。

(二)設計研究設計

　　研究者依研究目的與研究的類別性質而決定如何設計研究設計，但這些研究類別並非互為排斥，它們可互為運用。例如，在本質性或工具性的個案研究過程中，研究者可先對觀察或訪談結果予以深厚的描述，其次，進行分析與詮釋其意義。所以，各種不同類別或性質的個案研究，在研究的不同階段中，可依其強調的重點而互為運用。

(三)選擇樣本

　　基於確定個案研究的目的與性質後，研究者遂決定選擇適當的個案進行研究，而所要選擇的個案可以是特定且單一的個人或團體，也可以是一個方案計畫、一個事件，或是一個機構。通常研究者為達成某一特定目的，而以立意（判斷）取樣（purposeful, judgment sampling）的方法選擇個案進行研究。

　　選擇個案樣本須考量以下的要項：

1. 所選擇個案能提供達成研究目的的深度與廣度豐富資訊，俾作深入的研究。

2. 個人或團體的個案雖然是研究者所要研究的對象或樣本，但更重要的是，個案所呈現的思維、行為、事件，與行動方案等的「現象」，及其背後所蘊含的意義，是選擇個案樣本時所要分析與詮釋的重點。

3. 具有特定時空背景的個案。例如，對某一學年度的某個學校校長進行校長領導策略的研究；觀察某位教師的班級經營等。因此，個案樣本在時空上都是具有特定界限的特性。

(四)蒐集資料

依研究目的 運用不同的研究方法，例如訪談法、觀察法、文件分析、調查法、實驗法等，都是個案研究可以運用的資料蒐集方法。

(五)理解、描述、分析與詮釋資料

個案研究並不是要證明或驗證研究假設，它是一種「讓資料說話」，從實際研究場域中蒐集資料，然後加以理解、描述、分析與詮釋過程的研究。

(六)撰寫文本

文本的撰寫是研究過程的一部分，文本的架構鋪陳與編輯格式、文獻的分析與詮釋力，以及作者的寫作風格，是展現研究者做研究與寫論文的力道所在。

參考文獻

張慶勳（2006）。《校本文化領導的理念與實踐》。高雄：復文。

Hancock, D. R., & Algozzine, B. (2006). *Doing case study research: A practical guide for beginning researchers: A practical guide for beginning researchers*. New York: Teacher College Press.

Merriam, S. B. (2001) *Qualitative research and case study application in education* (3rd ed.). San Francisco: Jossey-Bass.

Stake, R. E. (1995). The art of case study. Thousand Oak: Sage.

Stake, R. E. (2005). Case studies. In N. K. Denzin, & Y. S. Lincoln (Eds.), *Handbook of qualitative research* (2nd ed,.). (pp.435-454). Thousand Oak: Sage

Yin, R. K. (2003). *Case study research: Design and methods* (3rd ed.) Los Angeles, Calif: Sage.

Yin, R. K. (2009). *Case study research: Design and methods* (4th ed.) Los Angeles, Calif: Sage.

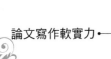內容分析法

內容分析法（content analysis）係對田野札記與資料的一種客觀性編碼基模（objective coding scheme）（Berg, 2001, p.238），是一種資料編碼操作與詮釋的歷程（Berg, 2009, p.339）。在內容分析的過程中，比較典型的是，研究者主要在分析人類社會互動過程中藉由所撰寫的資料，以及經由言語上的互動所產生的種種現象。然而，廣義的說，內容分析是對於任何特定訊息的特徵，做有系統及客觀性推論的技術。從此一觀點而言，照片、錄音帶，或可以製成文本的任何事物都可進行內容分析。而對於決定選取哪些題材作為分析的資料來源，我們可依循研究目的、研究假設，以及依據所選擇的規準而做內容的篩選。

研究者認為內容分析是屬於量化的或是質性的，各有不同的看法。有的研究者認為，內容分析是客觀性的、系統性的與量化的分析，也有的研究者強調是分析的程序，而不在所分析資料的特性。Berg（2001, p.242）將內容分析融合量化與質性的分析方法，在量化的內容分析上，強調所分析資料特定主題類別的次數描述，而質性的內容分析則聚焦在對實地所蒐集資料有關思想、心態、某一主題、象徵性符號，以及實地現象的探究上。

就如何選擇資料分析的層次或單位而言，研究者首先要決定如何在以下的任何層次或分析的單位中取樣，例如：字句、片語、文章的段落、書籍、作品、意識形態的立場、某一主題，或類似的背景資料等。同時你也可以就所選擇的內容做整體性或部分性的分析。例如，當你要分析某一故事的內容時，除了可做整個故事的人、事、地、物、情節等進行整體性的分析外，也可就某一段落的情節，或某一特定的時間、所發生的事件等進行分析。

Berg（2009, pp.348-349）指出，內容分析詮釋資料的幾個要素或單位：

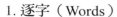

1. 逐字（Words）

「字」是內容分析的最小的要素或單位，通常使用在分析某些較常出現的特定「字」（words）和「名詞術語」（terms）上。

2. 主題（Themes）

特定的內容焦點或主題是比「字」和「名詞術語」的分析單位更為有用。它通常係由一個句子，或是在一串文字段落中呈現出特定的內容焦點或主題，因此，研究者需要在文本（如文字段落，或其他所蒐集的靜態或動態資料）中具體明確的辨識出，並予以分析。

3. 特性（Characters）

強調文本中描述某人所彰顯的顯著意義或具重要性者（significant）的分析。

4. 段落（Paragraphs）

係以文本的段落為分析單位，但因為研究者可能在同一段落中要試圖編碼，以及分類為多種主題較為困難，所以通常此類分析較少見到。

5. 事項（Items）

事項代表資料的整體性單位（whole unit），例如，一本書、一封信、演講、日記、報紙，或是深度訪談等。

6. 概念（Concepts）

以某些相關意念（ideas）的字詞成一群組，而將其以更高層次的概念（如以「偏差行為」為代表諸如犯罪、青少年犯罪、欺騙等的概念），且通常是偏向於隱性意義的分析單位。

7. 語義（semantics）

在此分析中，研究者跳脫字句或主題所出現多寡的次數分析，而更強調字句所隱含的整體性意涵。

☙參考文獻

Berg, B.L.(2001). *Qualitative research methods for the social sciences* (4th ed.). Boston : Allyn & Bacon.

Berg, B.L (2009). *Qualitative research methods for the social sciences*. (7th ed.). Boston : Allyn & Bacon.

拾 敘說分析

一、什麼是敘說分析

敘說分析（narrative analysis，或譯為「敘事分析」）係指對某一個案所敘說的故事或經驗，予以分析並進而詮釋其意義的歷程。

從敘說故事的過程中可思考及分析的幾個面向，例如：故事的內容與結構——從故事中可得知故事的內容，而這些內容構成一完整的結構。例如，故事可包含：

- 時間：過去、現在、未來；時間的連續性；故事發生的關鍵時刻。
- 人物：個人、團體、重要他人。
- 場景：地點、周遭環境。
- 事件情節：故事如何發生、進行與結束。

在敘說者所敘說的故事內容、結構或經驗中，將其過去的個人與其周遭所關聯的人、地、事、物等經驗不斷的重現與重組，同時也對該經驗予以詮釋。

(一)故事的敘說形式

敘說故事者的表達方式、工具（如語言、姿態等），可與故事的內容共同構成一有系統的故事脈絡與結構。研究者可以藉之而分析敘說者為何會如此敘說的背景脈絡，以及為何會運用此項故事的表達方式、工具，進而將故事所發生的歷程、認知基模以及結果，構成一更完整的結構。

(二)故事的建構歷程與如何建構而成

敘說者在與研究者持續性的互動過程中，重新建構其過去的經驗，使之成為一有結構性的故事。然而，從另一角度予以分析，研究者與個案（研究參與者）的對話過程中，個案所敘說的故事有的是故事的主角自己建構而成，也有的是研究者與個案共同建構而成的。誠如我在以「校本文化的理念與實踐」的個案研究中所提到的：

> 雖然我與故事的主角已建立深厚心理對話的關係，有助於向他「挖出」更深層的心理想法，而有助於分析與詮釋其言行背後的意義。但亦有同道的研究者擔心我進行本研究的分析與詮釋時，到底是在投射我自己的想法到故事的主角，或是主角故事的真實呈現。因而涉及「經驗的本質」與「建構故事的歷程」的問題──到底是故事的主角自己建構而成，或是我（研究者）與他共同建構而成的（張慶勳，2006，頁313）。

事實上，從敘說故事的過程所思考及分析的內容與結構、敘說形式，以及建構歷程等面向可知，我們除了瞭解敘說故事的涵義與分析面向外，更重要的是，生命故事敘說分析研究，它不僅是在聽故事、說故事、寫故事，也不是只有個案經驗再重現的本身。更重要的是，經驗的再重現（不論是個案本身，或是研究者與個案共同建構的經驗）隱含故事背後所彰顯的意義與本質。

二、追尋生命故事的意義與本質

「故事的意義與本質」是我們所要追尋「故事」的核心價值所在。茲摘錄作者的一段敘述如下，供各位夥伴省思。

　　不論是研究者或是研究個案，兩者在互動的旅程中，雖然彼此都是獨立的個體，但也互為交織而成一有意義的網。他們互為學習成長，也都在追尋生命故事的意義與本質。

　　究竟生命故事的意義與本質是什麼。這是筆者一直在探討的問題。筆者曾與家人探討什麼是故事的本質。在此筆者採用小兒祿高的觀點，他提到，「故事的本質是很重要的，因此看（聽）故事必須觀察其本質為何，否則難以真正透徹的瞭解這則故事。本質包含許多元素因子，少不了創作（發生）的基本時間、地點，但更重要的應是作者本身特質及影響故事被創作出來（發生）的背景、刺激（衝擊、思潮）等。瞭解本質可幫助你徹底明白書中的無限可能，反之則連邊也別想沾上。」（JO930127，筆者）

　　事實上，筆者在本研究中意欲探討個案生命故事的本質。例如，我要探討個案生長的背景、所處的社會情境文化脈絡如何；影響個案生命歷程的關鍵影響因素是什麼；個案如何邁向校長之路；個案經營學校的時代背景，個人影響因素、教育信念、辦學理念、領導策略等等的脈絡與本質為何。這些許多的「為什麼」與「如何」做了「什麼」，以及他應如何做什麼（what ought to be）（Wolcott, 1990, p. 55），即是個案生命故事的本質。而我的研究即是要進一步從個案「如何」做了「什麼」中，經由某一理論或研究文獻、或經驗法則的「觀點」，去進行「分析」與「詮釋」，如此才能透徹瞭解故事的「意義與本質」及其無限的可能。

　　本研究即在分析與詮釋個案在其所處情境文化脈絡之下，生命故事的本質與其所蘊含的象徵性意義。而兼融「為

什麼」、做了「什麼」，以及「如何做」的層面，並且將個
案即將做什麼的脈絡性、動態性與發展性的生命成長軌跡做
一分析與詮釋（張慶勳，2006，頁3）。

⌂參考文獻

張慶勳（2006）。《校本文化領導的理念與實踐》。高雄：復文。

三、敘說故事的分析與詮釋策略

(一)以張慶勳（2006）的研究為例

以張慶勳（2006）的研究為例，敘說故事的分析策略可從以
下的取向切入：

為彰顯生命史研究所關注個體生命歷程與其所處社會情境
結構，以及歷史環境背景的影響因素的焦點。「社會情境文化脈
絡、主觀覺知與影響因素架構」（Context, Intuition, and Influence
Framework; CII Frame）。CII架構係從生命故事敘說所關注個體生
命歷程與其所處社會情境脈絡，敘說者「為什麼」及「如何」敘說
故事與經驗的主觀覺知及聲音（subject voice），以及歷史環境背
景的影響因素，予以描述、分析與詮釋。

CII架構包括下列三個主要的要素：

1.社會情境文化脈絡

社會情境文化脈絡係指研究對象所處的組織與社會團體中，
其組織文化、人際互動、角色扮演等社會情境與文化脈絡。研究者
（傾聽者）藉由與研究對象的對話與討論，而試圖探索研究對象的
社會情境與文化脈絡，及如何形塑研究對象的生活世界；亦即探索
或瞭解研究對象如何建構他們的社會世界，及其所代表的意義。

2.主觀覺知

主觀覺知係領導者對其組織團體所發生的事件主觀覺知後的發聲，此種主觀覺知強調敘說者個人對其組織團體所發生事件直覺上的感受。

3.影響因素

影響因素係試圖探究研究對象受到哪些個人經驗與組織團體因素所影響，而產生其信念與行為，也就是要瞭解影響研究對象認知與行為的關鍵因素。

CII架構植基於詮釋學的途徑，並以人的行為係在社會網絡裡面發生，及人的行為有其深層意義及理由為研究的基本假定。此一架構包含相互融合，並可分別予以分析的三個要素（社會情境文化脈絡、主觀覺知與影響因素）。研究者可藉由與研究對象間的對話與討論，探索研究對象在故事中所使用的語言，並透過CII架構瞭解敘說故事內涵所代表的社會互動與意義，而探索敘說故事者在其所處社會情境文化中的認知與行為，及其影響的重要因素。因此，它是一種基本且具有啟發性策略的架構，並可用以研究及詮釋組織領導者的故事。〔請參見張慶勳（2006）有關《校本文化領導的理念與實踐》的研究，以及Quong, Walker與Bodvcott（1999, pp. 441-453）。〕

(二)依Lieblich, Tuval-Mashiach 與 Zilber（1998）的觀點

另外，依Lieblich, Tuval-Mashiach 與 Zilber（1998）的觀點，敘說故事的分析與詮釋策略可從以下的取向切入：

(一)文本分析與詮釋的整體觀點

當研究者欲分析與詮釋個案「為何」與「如何」發展成現在的樣貌為主要的研究目的時，可將個案生命故事或敘說視為一情境脈絡中的整體，而予以分析與詮釋。此一分析與詮釋的觀點與前述生

命故事本質的分析相似，也與CII架構的分析策略相通。

(二)文本分析與詮釋的內容觀點

文本分析與詮釋的內容觀點，係指從敘事者的立場關照故事中究竟發生了什麼事、誰參與此事等，是屬於故事中的「實然」部分。研究者可就故事的「主題」內容，以整體性或依段落予以分析。

(三)文本分析與詮釋的形式觀點

文本分析與詮釋的形式觀點，係指從故事情節的結構、事件的順序、與時間的關鍵點的相關性、故事的複雜性及連貫性，或經由故事所引發的感覺、敘事的方式、隱喻或文字的選擇（主動或被動）等切入。或可從故事的類型（喜劇、悲劇、嘲諷劇）、進展（進展、穩定或退化）等而彰顯故事的脈絡情境與歷程。

(四)文本分析與詮釋的類別觀點

文本分析與詮釋的類別觀點就如同「內容分析」（content analysis），可將故事以整體性、段落式、主題式，或故事的形式等做分析一樣，而將故事分別依不同的研究目的所歸納的類別予以分析。

前述的敘事分析類型與組織模式可互為融合，而依研究者所要分析與詮釋的焦點予以運用。例如，研究者可從故事的「整體—內容」分析與詮釋故事的脈絡情境背景、如何發生，以及發生什麼事等；或可從「整體—形式」的情結段落，而分析故事的時間關鍵點與事件發生的歷程等。其他諸如「整體—類別」、「類別—內容」、「類別—形式」等，都可依研究者對故事的解讀、分析與詮釋的焦點，而予以相互融合運用。

四、敘說分析是否為真正的研究

　　生命故事敘說分析所常使用的深度訪談法、觀察法、文件檔案分析法，以及強調分析與詮釋的重要性。然而，誠如我在研究從事《校本文化領導的理念與實踐》的進行過程期間，包括同道的研究者與我在內，我們都一直在思考著下列令人疑惑的問題。例如：

- 說故事、聽故事、寫故事是否為研究？
- 敘說分析（narrative analysis）或敘說探究（narrative inquiry）是否為真正的研究？
- 敘說分析或敘說探究的結果是怎麼得到的？
- 本研究的價值性在哪裡嗎？有何特色？
- 我如何能說服別人相信我的研究結果？
- 雖然我與故事的主角（明校長）已建立深厚心理對話的關係，有助於向他「挖出」更深層的心理想法，而有助於分析與詮釋其言行背後的意義。但亦有同道的研究者擔心我進行本研究的分析與詮釋時，到底是在投射我自己的想法到故事的主角（明校長）上，或是主角故事的真實呈現。因而涉及「經驗的本質」與「建構故事的歷程」的問題——到底是故事的主角（明校長）自己建構而成，或是我（研究者）與他共同建構而成的。

　　為此，我曾對生命故事敘說分析研究的理論基礎、基本假定及研究架構，研究者理解詮釋生命故事意義的契合度，生命故事敘說分析的主客觀、真實性與可靠性問題，及如何呈現生命故事的文本分析外，並進一步分析生命故事敘說分析的評鑑規準，與生命故事敘說分析是否為真正的研究等議題。而其分析結論指出，生命故事展現生命史的軌跡與延展性。生命故事敘說分析融合理論與實際，強調研究者與研究對象之間的互動及研究的詮釋性意義，並有嚴謹

的研究架構及系統化的研究程序，是一具有結構嚴謹性的真正研究
〔參見張慶勳（2006）著《校本文化領導的理念與實踐》第一、三
章〕。

✍參考文獻

丁興祥校訂。王勇智、鄧明宇合譯（2007）。Catherine Kohler Riessman
　　原著。《敘說分析》（*Narrative analysis: Qualitative research
　　method*）。臺北：五南。

吳芝儀譯（2008）。Lieblich, A., Tuval-Mashiach,. 與Zilber, T 原著。《敘
　　事研究：閱讀、分析與詮釋》（*Narrative Research: Reading,analysis,
　　and interpetation*）。嘉義：濤石。

張慶勳（2006）。《校本文化領導的理念與實踐》（第二版）。高雄：復
　　文。

Quong, T., Walker, A., & Bodvcott, P. (1999). Exploring and interpreting
　　leadership stories. *School Leadership & Management*, 19(4), 441-453.

Clandinin, D. J., & Connelly, M. F. (2000). *Narrative inquiry: Experience and
　　story in qualitative research*. San Francisco: Jossey-Bass.

 **焦點團體訪談**

一、焦點團體訪談與適用時機

　　當研究者欲深入瞭解某一研究問題，或需要有更多人提供意見及看法，而邀請具有同一專業背景的一群人，聽取他們的意見及蒐集資料時，就是在實施焦點團體訪談（focus group interview）。例如，當我們要進行環境評估，或為研提因應少子化所產生的生源逐年減少，以及教師人力需求的評估，而需要先聽取多方意見時；或為了編製問卷時，都可使用焦點團體訪談。焦點團體訪談也可運用於各種方案、事件或經驗進行的前後，或可同步進行。因此，焦點團體訪談是一個嚴謹的規劃性系列討論，經由獲取相關人員的意見後，作為進一步研提計畫，以及執行行動方案之參考依據的研究方法。

二、焦點團體訪談的注意事項

　　實施焦點團體訪談要注意的事項有：

1. 要有某一特定的議題／主題。
2. 參與討論者須具有討論議題／主題的專業背景，且他們的確能提供豐富及有建設性的意見。
3. 參與者旨在分享與提供意見與觀點，研究者試圖彙整及提出進一步的計畫或方案。
4. 參與討論者的人數應是主持人／研究者所能掌控的小團體範圍內，通常為6～8人即可。
5. 訪談現場的氣氛是包容性的、舒適的、無威脅性的情境。
6. 訪談的次數不限於只進行一次，研究者可針對具有相似專長特性的參與者進行若干場次，以便於發掘該主題的共識。

7. 主持人的角色是發問、傾聽，設法聚焦在研討的主題，以及確保每人有發言機會。

三、焦點團體訪談的實施步驟

做好策略性規劃，有助於實施焦點團體訪談，其實施步驟有：

(一)確立研究目的

研究者秉持先確立研究目的，再決定研究方法的原則，則能使研究易於達成研究目的，也能使研究的主題更易聚焦。

(二)確定焦點團體訪談是否為較佳的研究方法

在確定焦點團體訪談是否為較佳的研究方法的同時，也要決定使用焦點團體訪談的時序。例如，在編製德懷術的問卷之前，或在實施德懷術問卷之後，再予以邀請相關人員提供意見等，是研究者所要思考的問題。

(三)選擇能提供豐富研究資料的參與者

如同選擇個案研究的參與者一樣，進行焦點團體訪談必須找到能提供豐富研究資料的參與者，始能有助於資料的蒐集與分析，同時其所蒐集到的資料也才具有真實性與可靠性。

(四)決定要進行多少場次的團體討論

以扎根理論（grounded theory）的理論飽和（theoretic saturation）觀點，當研究者／主持人在蒐集與分析資料的過程中，認為資料已足夠而不必再增加其他資料時，就可決定停止訪談了。

(五)設計研究設計

焦點團體訪談的研究設計可以從以下的角度予以思考：

1. 資源的取得要與研究主題相互呼應。例如，研究校長的領導

風格，就要選擇校長或與其有關的人員進行訪談。

2. 訪談參與者與地區的設計。例如，在不同縣市地區，每次訪談都是相同性質的人；或同自地區不同層級的人等，則視研究者／主持人所要分析與詮釋資料至哪個程度而決定。

此外，研究者／主持人在訪談現場的主持風格與提問問題的技巧，都影響資料蒐集的多寡與其信度與效度，因此，研究者／主持人的自我修為也是極為重要的。不論如何，焦點團體訪談是集思廣益、尋求共識的一種動態性蒐集資料的研究方法，研究者可善加運用。

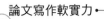
拾貳 行動研究

一、你我的迷思

誠如做其他的研究一樣，對行動研究而言，我們常存在著共同的迷思，那就是：

- When：什麼時候要用行動研究。
- What：什麼是行動研究，是一種研究方法或是一種形式。
- Who：我是誰（也就是，我扮演著什麼角色）。
- How：我要如何做。
- Where：在哪裡做研究。

以上的問題常常困擾著我們，因此有必要加以瞭解。

二、什麼時候要用行動研究

一般而言，依研究目的的不同，會運用不同的研究途徑或方法。例如：

1. 當研究目的在瞭解現況時，同常會運用問卷調查法，以及使用一些描述統計方法，以瞭解實際的現象。
2. 當研究目的是在預測未來時，則會使用迴歸的統計分析，以預測或解釋未來可能的現象。
3. 當研究目的是在詮釋意義時，則會運用質性研究的途徑，以分析及詮釋意義。
4. 當研究目的是在解決問題時，則會運用行動研究的途徑，並以不斷的回饋、省思，提出可行的解決策略，以解決問題。

三、有哪些問題可運用在行動研究上

行動研究在教育現場的應用可包含個案研究、班級經營、教學

策略與學生成就、課程發展等的問題上。通常只要在研究者身邊所發生的教育問題，不論是微觀與巨觀的，凡具現場待解決的問題，都可運用行動研究予以處理。

根據研究經驗可以發現，行動研究題型大都為軟性用語，例如：

以……教學之行動研究；

改變……行為之行動研究；

提升教師……教學效能之行動研究；

提高學生……學習成就之行動研究。

由此可知，只要發生在你生活周遭的實務場域問題，都是你研究的題材。

四、什麼是行動研究

為達成既定的目標，我們會提出某一行動方案，然後付諸執行，以達目的而後終止。所以，行動是一種行為、一種策略，也是一種技術，其目的在達成目標，解決問題。而研究是一種系統性思維，藉由有系統的活動或歷程，以解決問題，完成研究目的。據此，行動研究是研究者在研究的過程中，不斷的回饋、省思，提出解決問題的策略，最後達成研究目的、解決問題的動態歷程。

從行動研究的定義可以瞭解，行動研究具有下列的特性：

1. 行動研究不是研究方法，而是一種方式與精神，只要能達成研究目的的方法，都是可以運用的。

2. 行動研究強調解決教育現場的問題、省思與回饋。研究者可以透過諸如筆記、札記、聯絡簿、輔導紀錄簿等，不斷的回饋與省思。

3. 行動研究著重解決問題的策略、技巧，是一種動態的歷程。

4. 研究者在行動研究中，是一位行動的學習者，且在不斷的做中學。

5. 行動研究強調思、知、行的合一。研究者先有整體性的思維架構，以及研究的規劃性思考；其次，在既有的研究知能基礎上，實際操作執行，解決問題，達成研究目的。也就是說，行動研究是即知即行的研究，它是動腦、動手、動腳、耳聽、眼看，直到解決問題為止的研究。

6. 行動研究的研究者可為研究團隊或研究者個人。例如，研究者若是一位教學現場的教師，則他是一位學習者與教學者，而能符應「教學相長」的精神。

五、要如何進行研究

(一)當遇到問題時，思考如何切入問題的焦點

當你發現實務場域及須解決的問題時，首先宜從在地文化為思考的切入點，思考問題的核心所在，且能以操作性的思維，解讀問題的癥結。其次，你要思考如何解決的方向或策略，例如：

1. 客觀的、科學的、預測的歷程與問題

這類問題是要經由科學性的標準作業程序，提出客觀的量化數據，進而預測問題可能的結果，而能有助於問題的解決。例如，瞭解家長對實施兒童繪本的教學策略之認知與支持度，而能有助於提出教學策略的說明與實施。

2. 主觀的、省思的歷程與問題

研究者解由獨立思考與省思，不斷的回饋、循環，而能提出進一步解決問題的策略。例如，校長的領導反思歷程就是一個很好的例子。

3. 批判的歷程與問題

研究經由批判性的思考，指出問題的癥結，進而出解決問題的策略。例如，研究者以性別期望的觀點，提出教師班級經營與教學策略中，有關性別教育機會均等的問題。

4. 協同的歷程與問題

係指同一研究中有兩位以上的共同研究者，他們彼此協同，進行研究，解決問題。

(二)規劃策略方向，開始行動

研究者基於思考問題的核心後，開始構思行動的策略方向，俾能依循方向執行行動方案。這時候，策略方案是一方向、目標；所提出的具體做法步驟、方法、技術，也是一種回饋與循環的歷程。而這過程也是集研究者的認知理念（思維、態度、省思）行動的動態歷程。

(三)蒐集資料：旁徵博引，質量的取捨

資料的蒐集至少要有以下的思考面向：

1. 多方檢證：以三角檢證的方法，多方蒐集資料，並能建構效度。
2. 多次來回：重複多次以建構信度。
3. 理論抽樣：根據不斷的省思、回饋，進而構思如何以及從何處獲得資料（如：調查、訪談等）。

研究者所蒐集的資料的性質，究竟是全質全量，或質量並重，或質量互補，則依研究目的與實施策略予以蒐集。而研究者也要視資料分析的結果是否決定有無必要再繼續蒐集資料。例如，你可以運用飽和理論，假如所分析的資料已足夠，就不必再繼續蒐集。

(四)整理資料：編碼聚焦

研究者將所蒐集的資料，運用扎根理論（grounded theory）的編碼策略，將資料予以編碼（如開放編碼、歷程編碼、選擇編碼、主軸編碼），以便於分析與詮釋。

(五)資料如何呈現：讓資料說話

研究者將所編碼的資料，再經由理解、描述、分析、詮釋後，

撰寫研究報告。同時也依文本的章節架構鋪陳，兼顧文本的編輯與格式。在此研究者仍要留意以下的關鍵用語及相關概念重點，例如：

理解：關鍵用語；

描述：文本敘述；

分析：為什麼；分類；

詮釋：意義之所在。

(六)研究成果的評鑑

行動研究的評鑑可依前述有關問題思考的切入點，以及行動的策略方向，依下列的評鑑指標予以評鑑研究成果。即是：科學技術的觀點、實務省思的觀點、批判邏輯的觀點、行動歷程的觀點（如CIPP的評鑑模式）等。

六、行動研究文本架構

論文題目

第一作者（服務單位與職稱）

第二作者（服務單位與職稱）

第三作者（服務單位與職稱）

壹、緒論

　　一、問題背景（脈絡）

　　二、研究動機（Why為什麼、學理基礎、問題的本身）

　　三、研究目的（具體化、條例式、問題的本身）

貳、文獻探討（依據問題蒐集文獻資料、立論基礎、重實務性）

參、研究方法與步驟

　　一、研究方法（訪談法、觀察法、資料分析、問卷調查法）

二、研究步驟（列出研究時程與進度）

肆、研究過程與討論（呈現研究過程與問題、回饋與省思、依據資料呈現、讓資料說話）

伍、結論與省思（教學相長之目的）

參考書目

附錄（如問卷、談談大綱、札記、研究日誌、教學日誌等代表性資料）

七、行動研究構想學習單

組員 學校、姓名	
研究題目	
研究目的	
研究方法 （質的、量的）	
行動步驟	
待解決的 疑惑問題	

拾參 德懷術

一、德懷術的適用時機

當研究主題較為新穎，且尚未有一致的看法時，研究者想要在同一時間藉由書面的問卷而蒐集多數人的意見，且經由這些多數專家對某一問題取得最大的共識結果後，以決定進一步的研究策略方向時，就可運用德懷術（Delphi Technique）。

二、德懷術的特點

德懷術有以下的特點：

(一)意見的表達以書面為之

是一種藉由書面問卷往返於研究者與被諮詢調查者之間的訪問研究。

(二)專家取向

由研究者邀集具有研究主題相關的專家參與問卷的填寫，是一種另類的專家會議或訪談。

(三)參與者之間不是面對面的資料蒐集方法

參與填答的專家或諮詢者之間，彼此都不瞭解是何人參與該次的研究，但在研究結果的報告中，研究者可以將同時參與的專家名單列出，一方面表示感謝之意，另一方面，表示研究的真實性。

(四)須有適當的問卷設計

研究者須先根據相關文獻與研究目的，設計好問卷的初稿，且要將研究目的以及與研究主題相關的概念架構圖呈現於問卷內，俾

讓填答問卷者能充分瞭解研究目的與問卷的填答方法。

(五)回饋與共識的過程

　　研究者回收資料後，會根據所有參與者的意見加以整理，並提供統計資料（如對某一題目的平均數、眾數、標準差等），供專家參考。因此，德懷術是研究者與專家之間相互回饋，以及使專家意見趨於一致，得到共識結果的過程。

(六)是一種技術，也是一種方法

　　有些研究者將德懷術視為建構另一更具有內容效度的問卷基礎，或將其視為提供焦點團體訪談內容的參考資料，他們將德懷術視為研究過程的一部分。但也有的研究者則將德懷術所得到的結果視為正式的問卷內容或研究結果，而視之為一種研究方法。

三、德懷術的優點

　　德懷術的優點有：

(一)能避免面對面所產生的從眾效應。

(二)克服訪談專家時，時空安排的困難及經費支出。

(三)問卷提供統計資料及專家意見，可使專家們再度思考，互相參考他人意見來對照自己的回答。

四、德懷術的限制

　　德懷術的限制有：

(一)選擇專家不易或流失

　　所選擇的參與者須兼具對研究主題領域有專業知識、技能以及實務經驗，事實上是不容易的。此外，參與者的人數一般以15-30人為佳，而這些參與者都須是研究者所能掌握，且他們都是有熱誠及時間參與研究，俾能使研究順利進行。

(二)產生共識並不容易

由於專家學者有可能來自不同的專業領域，因此，共識有時不易獲得。這裡有一份我與某一研究者的對話實例，可供參考。

〇〇校長：

德懷術的中心要點在於建立與尋求審查者對問題的共識，假如你有設定共識的百分比，則可以作為選擇保留，或刪除、修改的依據，但也要考量標準差的大小，也就是審查者之間認知差異的大小。

問卷中有一些指標，14位委員都勾選在5.00以上，只有一個委員有意見，未予以勾選，你可以思考他沒有勾選的原因，再看看跟你的文獻對照結果，假如有違背你的文獻或與原來的認知有差異，又沒有說清楚理由，就予以保留。

假如他講的有道理，又不影響你的層面內容，且題目的數量也夠了，就可以刪除。

張慶勳

年　　月　　日

(三)研究時間較為冗長

為了建立共識，通常每次的問卷往返大約要3～4次，若參與者較多時，可能需約四個月時間。

五、德懷術的實施步驟

實施德懷術有下列步驟：

(一)以文獻作為理論的根基。

(二)採取焦點團體訪談，蒐集編製問卷題目的來源（也有的研究係將焦點團體訪談置於德懷術之後）。

(三)編製問卷題目初稿（包含邀請函、研究目的、研究架構、名詞

釋義、填寫問卷說明函等）。註：問卷題目的設計通常有以下的原則：

1. 以封閉式題目為主要的題型。
2. 輔以開放性題目，諮詢參與者的意見。研究者根據參與者的修正意見，或新增目的意見，經過分析後，決定是否增刪及修改題目。

(四)邀請參與填寫問卷的專家。

(五)寄送與回收問卷〔視參與專家的共識程度，決定問卷往返的次數。同時也以簡單的統計數字（如眾數、平均數、標準差等），計算共識結果，以及是否修改題目〕。

　　註：簡單的統計與其用意說明如下：

1. 眾數：表示大多數人的看法，所以眾數愈大愈好。
2. 平均數：平均數愈大，相對重要性愈大。
3. 排序：等級愈小，重要性愈大。
4. 標準差：愈小愈好，表示意見較不分歧。
5. 相對差異係數：愈小愈好。

(六)將最後結果作為下一研究步驟的基礎。

六、第一次德懷術問卷調查表

「校長領導的反思學習指標：以處理問題為導向的反思」
第一次德懷術調查問卷

編號：＿＿＿＿＿

(一)研究說明函

敬愛的諮詢委員：

　　感謝您百忙中願意接受邀請，參與「　　年國科會【校長領導的反思學習與評鑑】專題研究」的校長領導反思指標德懷術問卷諮詢委員。本問卷係先根據文獻探討，再經由焦點

團體訪談，初步擬訂「以處理問題為導向」的校長領導之反思學習指標。若本指標完成後，將有助於提供校長從學校所發生的事件，進行領導的反思的面向。

您為具有豐富經驗的學校領導實務者，或為學養豐厚的學者專家，您所提供的寶貴意見，將使本問卷更具實務性與周延性。我們將會以二至三次蒐集您與其他夥伴的意見，期能對本問卷內容達到最高的共識。

隨函附寄下列文件：

1. 「校長領導的反思學習指標：以處理問題為導向的反思第一階段問卷」。

2. 問卷審查費1,000元（以匯票方式處理）。

3. 問卷審查費收據。

4. 回郵信封乙份。

本次敬請您 年 月 日前，將問卷與問卷審查費收據以所附回郵信封寄回，俾便後續作業。

特此致謝，謝謝您！

　　敬祝

教安

　　計畫主持人：張慶勳（屏東教育大學教育學院院長）

　　共同主持人：陳寶山（文化大學教育學系系主任）

　　研究助理：

　　陳文龍（國立屏東教育大學教育行政研究所博士班）

　　何思穎（國立屏東教育大學教育學系碩士班）

　　　　　　　　　　　　　　　　　　　年　月

(二)名詞釋義

　　本問卷之反思學習指標共分成「知」、「思」、「行」、「得」的四個大層面，其中又細分為十五個分層面，指標內容先根據文獻探討，並經由焦點團體訪談，所初步擬定之，如下列所述：

1.「知」的層面

(1)洞察感知能力：係指校長對學校所發生的問題能有事先洞察的敏銳力。

(2) 先備認知背景：係指校長具有處理學校所發生問題的脈絡背景與經驗，並能類推至相關問題的處理策略。

(3)知識架構體系：係指校長處理學校相關問題所具有的系統性知識與能力。

(4)轉化認知架構：係指校長能瞭解如何將處理問題的預定策略，轉化成具體可行的計畫與行動方案。

2.「思」的層面

(1)策略性思考：係指校長通盤考量學校所發生的問題後，能瞭解處理問題最重要的是什麼，並思考有效處理的策略。

(2)學習型思考：係指校長能超越自己的舊有心智模式，透過與同仁的互動討論，運用系統性思考，有效處理學校所發生的問題。

(3)象徵型思考：係指校長在思考處理學校所發生的問題時，具有學校教育的核心價值，以及學校文化的象徵性意義。

(4)全人化思維：係指校長在處理學校所發生的問題時，能從人性化的角度進行思維。

3.「行」的層面

(1)思考力：係指校長在處理學校所發生的問題時，具有主動及脈絡性思考的能力。

(2)規劃力：係指校長具有規劃並提出處理學校所發生問題之行動方案的能力。

(3)執行力：係指校長能將處理學校所發生問題之行動方案予以貫徹執行的能力。

(4)檢核與回饋：係指校長在處理學校所發生問題的歷程中及完成後，能落實檢討機制，並與同仁分享經驗。

4.「得」的層面

(1)目標體現：係指校長在處理學校所發生問題後，能達成預定目標的程度，及提升學校效能的成效。

(2)自我實現：係指校長在處理學校所發生問題後，能達到專業上自我成長與成就。

(3)身心靈合一：係指校長在處理學校所發生問題後，能達到個人生理及心理上的滿足與和諧。

(三)填答說明

請依您的認知，在每一指標題項的選項中，勾選評定等級之重要性，若有修正意見時，請在修正意見：_____內予以敘述。

「校長領導的反思學習指標：以處理問題為導向的反思」
第一次德懷術調查問卷

層面及分層面	指　標	評定等級 非常不重要 1	2	3	4	5	非常的重要 6
1.「知」的層面							
1-1洞察感知能力	1-1-1我確實察覺到需面對的問題正在形成。 修正意見：＿＿＿＿＿＿	☐	☐	☐	☐	☐	☐
	1-1-2我明確瞭解到問題的來龍去脈。 修正意見：＿＿＿＿＿＿	☐	☐	☐	☐	☐	☐
	1-1-3我確切留意到處理問題的困難所在。 修正意見：＿＿＿＿＿＿	☐	☐	☐	☐	☐	☐
	1-1-4我能全盤瞭解學校所發生的問題。 修正意見：＿＿＿＿＿＿	☐	☐	☐	☐	☐	☐
	1-1-5我明確地知道問題處理的急迫性。 修正意見：＿＿＿＿＿＿	☐	☐	☐	☐	☐	☐
1-2先備認知背景	1-2-1我有處理此項問題的類似經驗。 修正意見：＿＿＿＿＿＿	☐	☐	☐	☐	☐	☐
	1-2-2我已具有處理學校所發生問題的知能。 修正意見：＿＿＿＿＿＿	☐	☐	☐	☐	☐	☐

層面及分層面	指　標	評定等級					
		非常不重要 1	2	3	4	5	非常的重要 6
	1-2-3我清楚瞭解自己處理問題的能力與限制。 修正意見：＿＿＿＿＿＿＿	☐	☐	☐	☐	☐	☐
1-3知識架構體系	1-3-1我以學校經營的最大利益思維。 修正意見：＿＿＿＿＿＿＿	☐	☐	☐	☐	☐	☐
	1-3-2我明瞭問題背後的教育意義。 修正意見：＿＿＿＿＿＿＿	☐	☐	☐	☐	☐	☐
	1-3-3我能運用已有的專業知能有系統的處理學校所發生的問題。 修正意見：＿＿＿＿＿＿＿	☐	☐	☐	☐	☐	☐
	1-3-4我知道如何尋求人力、物力、財力和資訊等各項資源。 修正意見：＿＿＿＿＿＿＿	☐	☐	☐	☐	☐	☐
	1-3-5我對問題的處理方式可以符應學校的辦學理念。 修正意見：＿＿＿＿＿＿＿	☐	☐	☐	☐	☐	☐
1-4轉化認知架構	1-4-1我能有系統的整合自己對處理問題的專業認知。 修正意見：＿＿＿＿＿＿＿	☐	☐	☐	☐	☐	☐
	1-4-2我能清楚地向同仁闡述處理問題的方法。 修正意見：＿＿＿＿＿＿＿	☐	☐	☐	☐	☐	☐

層面及分層面	指　標	評定等級					
		非常不重要 1	2	3	4	5	非常的重要 6
2.「思」的層面							
2-1策略性思考	2-1-1我能思考到處理問題的目標。 修正意見：＿＿＿＿＿＿＿	□	□	□	□	□	□
	2-1-2我能思考到處理問題的風險評估。 修正意見：＿＿＿＿＿＿＿	□	□	□	□	□	□
	2-1-3我能思考到處理問題的周延性。 修正意見：＿＿＿＿＿＿＿	□	□	□	□	□	□
	2-1-4我能依據策略管理思考處理問題的脈絡。 修正意見：＿＿＿＿＿＿＿	□	□	□	□	□	□
	2-1-5我能根據學校整體運作，思考資源分配之整合與協調。 修正意見：＿＿＿＿＿＿＿	□	□	□	□	□	□
2-2學習型思考	2-2-1對於問題的處理，我能和同仁進行充分的討論。 修正意見：＿＿＿＿＿＿＿	□	□	□	□	□	□
	2-2-2在問題處理的過程中，我能形塑同仁學習的氛圍。 修正意見：＿＿＿＿＿＿＿	□	□	□	□	□	□
	2-2-3我能讓同仁清楚瞭解處理問題的立場。 修正意見：＿＿＿＿＿＿＿	□	□	□	□	□	□
	2-2-4針對問題處理的討論，我能放開自己舊有的想法。 修正意見：＿＿＿＿＿＿＿	□	□	□	□	□	□

層面及分層面	指　標	評定等級					
		非常不重要					非常的重要
		1	2	3	4	5	6
	2-2-5我能就問題處理的方式進行分析與整合。 修正意見：＿＿＿＿＿＿	☐	☐	☐	☐	☐	☐
2-3象徵型思考	2-3-1我能思考到處理問題的核心價值。 修正意見：＿＿＿＿＿＿	☐	☐	☐	☐	☐	☐
	2-3-2我能考量學校組織成員的信念和價值觀。 修正意見：＿＿＿＿＿＿	☐	☐	☐	☐	☐	☐
	2-3-3我能從問題表象中思考其背後隱含的多重意義。 修正意見：＿＿＿＿＿＿	☐	☐	☐	☐	☐	☐
	2-3-4我能將多元的問題面向與見解，導出問題的根源。 修正意見：＿＿＿＿＿＿	☐	☐	☐	☐	☐	☐
2-4全人化思維	2-4-1我能體會到參與工作同仁的辛勞。 修正意見：＿＿＿＿＿＿	☐	☐	☐	☐	☐	☐
	2-4-2我能接受同仁偶爾發生的工作錯誤。 修正意見：＿＿＿＿＿＿	☐	☐	☐	☐	☐	☐
	2-4-3我能信任同仁對問題處理的方法。 修正意見：＿＿＿＿＿＿	☐	☐	☐	☐	☐	☐

層面及分層面	指　標	評定等級					
		非常不重要 1	2	3	4	5	非常的重要 6
3.「行」的層面							
3-1思考力	3-1-1我能從問題的整體面向思考處理的策略。	☐	☐	☐	☐	☐	☐
	修正意見：＿＿＿＿＿＿＿＿＿＿						
	3-1-2我能綜觀全局，把握問題處理的關鍵。	☐	☐	☐	☐	☐	☐
	修正意見：＿＿＿＿＿＿＿＿＿＿						
	3-1-3我能客觀地分析問題處理的方式。	☐	☐	☐	☐	☐	☐
	修正意見：＿＿＿＿＿＿＿＿＿＿						
	3-1-4我能融入創新元素來處理問題。	☐	☐	☐	☐	☐	☐
	修正意見：＿＿＿＿＿＿＿＿＿＿						
3-2規劃力	3-2-1我能建立問題處理的明確目標。	☐	☐	☐	☐	☐	☐
	修正意見：＿＿＿＿＿＿＿＿＿＿						
	3-2-2我能擬定問題處理之具體可行方案。	☐	☐	☐	☐	☐	☐
	修正意見：＿＿＿＿＿＿＿＿＿＿						
	3-2-3我能分析問題處理的優勢與劣勢。	☐	☐	☐	☐	☐	☐
	修正意見：＿＿＿＿＿＿＿＿＿＿						
	3-5-4我能確切安排問題處理的時程。	☐	☐	☐	☐	☐	☐
	修正意見：＿＿＿＿＿＿＿＿＿＿						

層面及分層面	指　標	評定等級					
		非常不重要 1	2	3	4	5	非常的重要 6
	3-2-5我能妥善運用問題處理的相關資源。 修正意見：＿＿＿＿＿＿＿＿	□	□	□	□	□	□
3-3執行力	3-3-1我能依規劃落實處理問題的行動方案。 修正意見：＿＿＿＿＿＿＿＿	□	□	□	□	□	□
	3-3-2我能明確掌握執行時的工作進度。 修正意見：＿＿＿＿＿＿＿＿	□	□	□	□	□	□
	3-3-3我能確實做到資源的有效運用。 修正意見：＿＿＿＿＿＿＿＿	□	□	□	□	□	□
	3-3-4我能充分運用同仁的專業能力。 修正意見：＿＿＿＿＿＿＿＿	□	□	□	□	□	□
	3-3-5我能以身作則，督導各項執行工作。 修正意見：＿＿＿＿＿＿＿＿	□	□	□	□	□	□
3-4檢核與回饋	3-4-1在問題處理的歷程中，我有做定期、階段性的檢討與修正。 修正意見：＿＿＿＿＿＿＿＿	□	□	□	□	□	□
	3-4-2在問題處理完成後，我有進行整體性的檢核。 修正意見：＿＿＿＿＿＿＿＿	□	□	□	□	□	□
	3-4-3我有將檢核結果與學校同仁分享。 修正意見：＿＿＿＿＿＿＿＿	□	□	□	□	□	□

層面及分層面	指　標	評定等級					
		非常不重要 ←———→ 非常的重要					
		1	2	3	4	5	6
4.「得」的層面							
4-1目標體現	4-1-1問題的處理，能達到所設定的期望程度。	☐	☐	☐	☐	☐	☐
	修正意見：＿＿＿＿＿＿＿＿＿						
	4-1-2問題的處理，能增進學校的效能。	☐	☐	☐	☐	☐	☐
	修正意見：＿＿＿＿＿＿＿＿＿						
	4-1-3問題的處理，能增進組織的團隊運作。	☐	☐	☐	☐	☐	☐
	修正意見：＿＿＿＿＿＿＿＿＿						
	4-1-4問題的處理，能提升學校良好的形象。	☐	☐	☐	☐	☐	☐
	修正意見：＿＿＿＿＿＿＿＿＿						
	4-1-5問題的處理，能提升同仁的專業知能。	☐	☐	☐	☐	☐	☐
	修正意見：＿＿＿＿＿＿＿＿＿						
4-2自我實現	4-2-1問題的處理，能提升自己的專業知能。	☐	☐	☐	☐	☐	☐
	修正意見：＿＿＿＿＿＿＿＿＿						
	4-2-2問題的處理，能充分發揮自己的專業能力。	☐	☐	☐	☐	☐	☐
	修正意見：＿＿＿＿＿＿＿＿＿						
	4-2-3問題的處理，能感受到專業領導的成就感。	☐	☐	☐	☐	☐	☐
	修正意見：＿＿＿＿＿＿＿＿＿						

層面及分層面	指　標	評定等級					
		非常不重要 1	2	3	4	5	非常的重要 6
	4-2-4問題的處理，能超越自己舊有的經驗，並保持投入工作的心力。 修正意見：＿＿＿＿＿＿	☐	☐	☐	☐	☐	☐
4-3身心靈合一	4-3-1問題的處理，自己感到滿意。 修正意見：＿＿＿＿＿＿	☐	☐	☐	☐	☐	☐
	4-3-2問題的處理，自己對處理事情的邏輯思維更加清晰。 修正意見：＿＿＿＿＿＿	☐	☐	☐	☐	☐	☐
	4-3-3問題的處理，自己對學校經營與發展充滿更多的熱誠。 修正意見：＿＿＿＿＿＿	☐	☐	☐	☐	☐	☐
	4-3-4問題的處理，自己對領導持有樂觀積極的態度。 修正意見：＿＿＿＿＿＿	☐	☐	☐	☐	☐	☐
	4-3-5問題的處理，自己對事情的看法能朝向正面的思維。 修正意見：＿＿＿＿＿＿	☐	☐	☐	☐	☐	☐

七、第一次德懷術問卷調查結果

「校長領導的反思學習指標：以處理問題為導向的反思」
第一次德懷術調查問卷調查結果

層面及 分層面	指　標	評定等級		
		眾 數 Mo	平 均 數 M	標 準 差 SD
1.「知」的層面				
1-1洞察感 知能力	1-1-1我確實察覺到需面對的問題正在形成。	6	5.76	0.44
	1-1-2我明確瞭解到問題的來龍去脈。	6	5.48	0.77
	1-1-3我確切留意到處理問題的困難所在。	6	5.68	0.48
	1-1-4我能全盤瞭解學校所發生的問題。	6	5.54	0.88
	1-1-5我明確地知道問題處理的急迫性。	6	5.96	0.20
1-2先備認 知背景	1-2-1我有處理此項問題的類似經驗。	5	5.00	0.87
	1-2-2我已具有處理學校所發生問題的知能。	6	5.48	0.71
	1-2-3我清楚瞭解自己處理問題的能力與限制。	6	5.76	0.44
	1-3-1我以學校經營的最大利益思維。	6	5.76	0.44
1-3知識架 構體系	1-3-2我明瞭問題背後的教育意義。	6	5.76	0.44
	1-3-3我能運用已有的專業知能有系統的處理學校 　　所發生的問題。	6	5.42	0.78
	1-3-4我知道如何尋求人力、物力、財力和資訊等 　　各項資源。	6	5.56	0.58
	1-3-5我對問題的處理方式可以符應學校的辦學理 　　念。	6	5.80	0.41
1-4轉化認 知架構	1-4-1我能有系統的整合自己對處理問題的專業認 　　知。	6	5.52	0.65
	1-4-2我能清楚地向同仁闡述處理問題的方法。	6	5.76	0.44
	1-1-1我確實察覺到需面對的問題正在形成。	6	5.72	0.46

層面及分層面	指　標	評定等級		
		眾數 Mo	平均數 M	標準差 SD
2.「思」的層面				
2-1策略性思考	2-1-1我能思考到處理問題的目標。	6	5.68	0.75
	2-1-2我能思考到處理問題的風險評估。	6	5.68	0.48
	2-1-3我能思考到處理問題的周延性。	6	5.76	0.44
	2-1-4我能依據策略管理思考處理問題的脈絡。	6	5.60	0.65
	2-1-5我能根據學校整體運作，思考資源分配之整合與協調。	6	5.68	0.85
2-2學習型思考	2-2-1對於問題的處理，我能和同仁進行充分的討論。	6	5.68	0.56
	2-2-2在問題處理的過程中，我能形塑同仁學習的氛圍。	6	5.36	0.76
	2-2-3我能讓同仁清楚瞭解處理問題的立場。	6	5.88	0.44
	2-2-4針對問題處理的討論，我能放開自己舊有的想法。	6	5.72	0.46
	2-2-5我能就問題處理的方式進行分析與整合。	6	5.68	0.56
2-3象徵型思考	2-3-1我能思考到處理問題的核心價值。	6	5.80	0.41
	2-3-2我能考量學校組織成員的信念和價值觀。	6	5.68	0.56
	2-3-3我能從問題表象中思考其背後隱含的多重意義。	6	5.76	0.44
	2-3-4我能將多元的問題面向與見解，導出問題的根源。	6	5.64	0.49
2-4全人化思維	2-4-1我能體會到參與工作同仁的辛勞。	6	5.72	0.54
	2-4-2我能接受同仁偶爾發生的工作錯誤。	6	5.44	0.92
	2-4-3我能信任同仁對問題處理的方法。	6	5.64	0.49

層面及 分層面	指　標	評定等級		
		眾 數 Mo	平 均 數 M	標 準 差 SD
3.「行」的層面				
3-1思考力	3-1-1我能從問題的整體面向思考處理的策略。	6	5.76	0.44
	3-1-2我能綜觀全局，把握問題處理的關鍵。	6	5.88	0.33
	3-1-3我能客觀地分析問題處理的方式。	6	5.68	0.48
	3-1-4我能融入創新元素來處理問題。	6	5.52	0.65
3-2規劃力	3-2-1我能建立問題處理的明確目標。	6	5.80	0.50
	3-2-2我能擬定問題處理之具體可行方案。	6	5.72	0.46
	3-2-3我能分析問題處理的優勢與劣勢。	6	5.84	0.37
	3-5-4我能確切安排問題處理的時程。	6	5.64	0.49
	3-2-5我能妥善運用問題處理的相關資源。	6	5.76	0.44
3-3執行力	3-3-1我能依規劃落實處理問題的行動方案。	6	5.76	0.44
	3-3-2我能明確掌握執行時的工作進度。	6	5.60	0.58
	3-3-3我能確實做到資源的有效運用。	6	5.72	0.46
	3-3-4我能充分運用同仁的專業能力。	6	5.92	0.28
	3-3-5我能以身作則，督導各項執行工作。	6	5.76	0.52
3-4檢核與 回饋	3-4-1在問題處理的歷程中，我有做定期、階段性 的檢討與修正。	6	5.84	0.37
	3-4-2在問題處理完成後，我有進行整體性的檢 核。	6	5.84	0.37
	3-4-3我有將檢核結果與學校同仁分享。	6	5.68	0.48

層面及 分層面	指　標	評定等級		
		眾 數 Mo	平 均 數 M	標 準 差 SD
4.「得」的層面				
4-1目標體 現	4-1-1問題的處理，能達到所設定的期望程度。	6	5.60	0.50
	4-1-2問題的處理，能增進學校的效能。	6	5.68	0.56
	4-1-3問題的處理，能增進組織的團隊運作。	6	5.76	0.52
	4-1-4問題的處理，能提升學校良好的形象。	6	5.84	0.37
	4-1-5問題的處理，能提升同仁的專業知能。	6	5.72	0.54
4-2自我實 現	4-2-1問題的處理，能提升自己的專業知能。	6	5.64	0.49
	4-2-2問題的處理，能充分發揮自己的專業能力。	6	5.68	0.56
	4-2-3問題的處理，能感受到專業領導的成就感。	6	5.52	0.65
	4-2-4問題的處理，能超越自己舊有的經驗，並保 持投入工作的心力。	6	5.67	0.48
4-3身心靈 合一	4-3-1問題的處理，自己感到滿意。	6	5.48	0.65
	4-3-2問題的處理，自己對處理事情的邏輯思維更 加清晰。	6	5.72	0.46
	4-3-3問題的處理，自己對學校經營與發展充滿更 多的熱誠。	6	5.72	0.46
	4-3-4問題的處理，自己對領導持有樂觀積極的態 度。	6	5.84	0.47
	4-3-5問題的處理，自己對事情的看法能朝向正面 的思維。	6	5.88	0.33

第九章
以計畫摘要開啟研究之窗

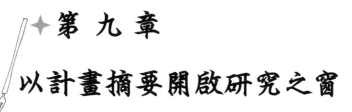

壹 研究計畫的基本架構與撰寫

　　撰寫研究計畫是研究與論文寫作過程中的重要階段，從研究計畫中可瞭解你所要研究主題的脈絡背景、主要的研究目的、未來將如何進行研究的方法，以及所預期的結果。茲提出研究計畫的撰寫時機，其次說明研究計畫的基本架構與撰寫的方法如下。

一、研究計畫的撰寫時機

　　撰寫研究計畫有以下的時機：

1. 欲撰寫學位論文之前，通常需要先通過學位論文計畫發表的考試（如口試或其他以作品發表的方式）。

2. 向行政院國家科學委員會提出研究專案計畫申請補助時（含大學校院教師及學術研究機構研究人員、博碩士生與大學生等的專題研究計畫申請案）。

3. 當參與學術研討會時，主辦單位有時會請你提出研究計畫，並規定字數與計畫的架構鋪陳。

4. 當接受產官學界委託進行專案研究時，委託單位會提供相關專案研究的辦法或規定，要求受委託單位或人員以其所要求的規範撰寫研究計畫，俾能審核並核撥經費。

二、研究計畫的基本架構與撰寫的方法

　　研究計畫的架構鋪陳因所研究的取向（如量化研究或質性研究）、主題或申請單位的不同而有不同的要求，雖然如此，但仍是異中有同。茲舉例如後。

(一)學位論文研究計畫

1. 量化學位論文研究計畫

　　量化學位論文研究計畫發表一般包含第一章至第三章（緒論、文獻探討、研究設計與實施）的內容，其各章節的架構如下：

　　　第一章　緒論
　　　　第一節　研究動機
　　　　第二節　研究目的
　　　　第三節　待答問題
　　　　第四節　名詞釋義
　　　　第五節　研究範圍
　　　　第六節　研究限制
　　　第二章　文獻探討
　　　　第一節　＿＿＿＿＿＿
　　　　第二節　＿＿＿＿＿＿
　　　　第三節　綜合評析與啟示
　　　第三章　研究設計與實施
　　　　第一節　研究架構
　　　　第二節　研究假設
　　　　第三節　研究方法
　　　　第四節　研究對象
　　　　第五節　研究工具
　　　　第六節　研究流程／研究步驟

第七節　資料處理

參考書目

說明：

(1)有的研究將「研究動機」與「研究目的」合併為一節，或在「研究動機」之前增列「研究背景」的單元。

(2)有的研究將「研究範圍」與「研究限制」合併為一節。

(3)有的學校系所將「研究方法」與「研究步驟」列入第一章中。

(4)第二章各章節的標題依研究主題的不同而分別予以決定，雖然有些研究者或指導教授認為在每一節的主題單元都分別進行個別評析，但仍建議在最後做一綜合性的統整，並導入第三章的「研究設計與實施」。

(5)有的研究者將「研究假設」列入第一章的「待答問題」之後。

(6)「研究結果與討論」、「研究發現」與「結論與建議」列入完整的學位論文章節中。

(7)美國心理協會（American Psychological Association；APA）所出版的出版手冊（Publication Manual）中主要是以「reference」為附在文本後的「參考書目」（我們所稱的「APA」格式）。國內有些學校系所有稱為「參考書目」者，也有稱為「參考文獻」者。

2. 質性學位論文研究計畫

質性研究學位論文研究計畫的章節鋪陳較無統一性的制式規定，一般而言，可包含緒論、文獻探討、研究方法與實施等相同性質的章節，但是章節標題仍屬於暫定的性質，視研究者的研究主題、寫作風格、論文撰寫體例／風格而定。

依研究經驗，文獻可不必單獨成一章節，或可依實際情況與研

究過程、文本的敘述與分析進行對話，也就是讓資料與文獻對話。雖然如此，仍有指導教授或研究者要求撰寫文獻探討。

(二)學術研討會論文研究計畫

雖然大多數的學術研討會依徵稿的方式請投稿者提供摘要以接受審查，但仍有的學術研討會則要求作者提出簡要的研究計畫，這些研究計畫包含自述的要求（如1,000字為原則），以及諸如研究計畫架構的鋪陳與文本內容（如研究動機、研究目的、研究方法、預期研究結果與貢獻）等。

(三)申請國科會專案研究之論文研究計畫

國科會對申請專案研究有其既定的要求內容與格式，例如，除了經費與研究人力的編列與說明外，在研究計畫方面包含中、英文摘要（500字以內），以及研究者(1)近五年之研究計畫內容與主要研究成果說明；(2)研究計畫之背景及目的；(3)研究方法、進行步驟及執行進度；(4)預期完成之工作項目及成果等的研究計畫內容。

(四)申請其他單位或受委託專案研究之論文研究計畫

申請其他單位或受委託專案研究之論文研究計畫，視申請或委託單位的需求與規定而撰寫。

校長領導的反思學習與評鑑

目　次

壹、緒論

　一、研究背景的分析

　二、研究目的

三、名詞釋義

貳、文獻評析

一、校長領導的專業發展思維與觀點

二、校長領導的反思學習與形塑領導力之關係

三、評鑑的本質與評鑑模式之融合

四、評鑑校長領導的反思學習——以檔案評鑑為例

五、綜合評析——兼論校長領導反思學習檔案評鑑的
構想

參、研究方法、進行步驟及執行進度

一、研究策略與方法

二、進行步驟及執行進度

三、可能遭遇的困難與解決途徑

肆、預期完成之工作項目及成果

一、本研究能如期有效達成研究目的

二、本研究能如期有效達成預定的研究進度與工作項
目

三、本研究能有效發揮人力資源並使經費的運用達最
高的效率

四、本研究能兼顧理論與教育現場的應用性

五、本研究具有學術研究的價值性與貢獻

參考書目

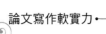

貳 摘要的基本架構與撰寫

摘要是研究報告的精髓，從摘要可概覽整個研究的研究動機、研究目的、研究方法、研究樣本與研究結論等。以下分別從撰寫摘要的時機、摘要的基本結構與寫法，以及撰寫摘要的自我審核予以說明。

一、撰寫摘要的時機

有幾個時機，你必須要撰寫摘要，例如：

(一)當提出研究專案計畫時

當你向行政院國家科學委員會提出研究專案計畫申請補助時（含大學校院教師及學術研究機構研究人員、博碩士生與大學生等的專題研究計畫申請案），必須提出研究計畫的中、英文摘要。有些行政機構（如教育部等）也要求提出計畫性經費補助時，須就計畫要點做一概述，俾能讓審查者從計畫摘要中迅速瞭解整個計畫的全貌。

(二)當參與學術研討會時

有些國際性或國內的學術研討會採取「徵稿」或／及「邀稿」的方式以得到稿件來源。例如，在屏東教育大學於2008.11.14～15所辦理的「2008『教育經營與產學策略聯盟』國際學術研討會」採取摘要審查制徵稿，因此在實施計畫中列有一「徵稿辦法」的單元（參見表9-1），內容包含摘要的字數、架構、文稿編輯格式、文稿寄送方式與日期等，俾讓參與者依循撰寫及投稿。

☟ 表9-1　學術研討會摘要審查制徵稿辦法示例

2008「**教育經營與產學策略聯盟**」國際學術研討會實施計畫
主題：**教育經營與產學策略聯盟：理論、研究與實務的對話**

徵稿辦法
一、本研討會採摘要審查制，摘要以1,500字為原則（以上
　　字數不含參考書目）。有意投稿者請依下列規範撰寫摘
　　要：
　　(一)論文題目。
　　(二)研究動機、目的或背景說明。
　　(三)研究方法或分析策略。
　　(四)初步研究發現或全文撰稿構想。
　　(五)預期研究貢獻。
　　(六)初擬之論文大綱。
二、寄送摘要時，請以另頁檢附投稿者基本資料，內容包
　　括：投稿者姓名、服務單位（或所屬機構）及職稱、通
　　訊地址、電話及電子郵件帳號。
三、前述摘要及投稿者基本資料請以電子郵件寄至屏東教育
　　大學教育行政研究所○○○小姐（e-mail），並請在郵件
　　主旨上註明〈教育經營與產學策略聯盟國際學術研討會
　　徵稿〉。
四、摘要經審查合乎本研討會主題及篇數限制，主辦單位完
　　成摘要審查後，於2008年8月15日通知審查結果。
五、接獲通過摘要審查通知之作者，請依主辦單位之相關程
　　序於規定日期繳交全文乙份，並完成註冊手續，以便安
　　排議程。
六、全文請以APA格式撰寫（論文字數約10,000～15,000字，

含參考文獻、註釋和附錄），繳交完整論文時，請附作者簡介、中英文摘要（以500字為限），以及論文電子檔，連同投稿者基本資料表（稿件請以WinWord 2000以上版本編寫），直接以電子郵件傳送至○○○小姐處。

七、論文摘要格式及論文全文格式請參閱屏東教育大學網站首頁最新消息公告：http://web.npue.edu.tw/

(三)當投稿期刊時

當你將完成的文稿投稿於某個期刊時，須依該期刊編輯的規定，撰寫中文或／及英文摘要（通常有規定格式或／及字數的多寡）。而摘要也是論文審查的重要項目之一，因此必須視為整篇論文完整結構與脈絡的一部分。

(四)當完成論文寫作時

如前所述，當你提交國科會研究計畫與研究報告全文，提交國際性或國內的學術研討會，以及投稿期刊的全文時，必須撰寫摘要。而當完成學位論文必須撰寫中、英文摘要。有關學術論文摘要的規範說明如下。

二、摘要的基本結構與撰寫的方法

摘要的基本結構主要包含：

1. 研究動機（或脈絡背景、問題的敘述、問題背景）
此部分簡述即可，約2～3行。

2. 研究目的
以敘述性方式撰寫較佳。例如：
本研究的目的在＿＿＿。

本研究旨在＿＿＿。

3. **研究方法**

以敘述性方式撰寫較佳。例如：

本研究採用問卷調查法、訪談法、觀察法＿＿＿。

其他如統計方法的使用可依摘要字數的多寡與需要可以省略。

論文務必要有「文獻的回顧」（尤其是量化研究），也就是「文獻分析」、「文獻探討」，但嚴格來說，「文獻的回顧」、「文獻分析」、「文獻探討」不是一種研究方法，因此，不宜將「文獻分析法」視為「研究方法」。

4. **研究樣本（含抽樣方法）**

例如：本研究採用哪種抽樣方法選擇樣本（隨機取樣或非隨機取樣，及樣本數有多少等）。

5. **「研究結論」或「預期研究成果」**

當完成研究時，要寫「研究結論」，尚未研究之論文或預定／待研究時則「預期研究成果」。

「預期研究成果」強調本研究之可行性、價值性（兼顧學術性與實務性之價值）、發展性、教育性等。

6. **關鍵詞／字**

一般寫3～5個與研究主題直接有關的關鍵詞／字。

關鍵詞／字應具有操作性具體性。

關鍵詞／字用粗體字。

7. **摘要的字數**

摘要的字數依各期刊編輯、學術研討會或論文審查機構的規定有不同的要求，大體上從300～1,500字不等。

三、撰寫摘要的自我審核

當撰寫學術論文摘要時，可依下列的方向自我審核：

1. 研究的原創性。

2. 研究議題的重要性。

3. 議題與研討會的相關性。

4. 方法的可行性、正確性與嚴謹度。

5. 學術價值或應用價值。

第十章
以多元面向評析論文寫作

壹　論文評析的切入點之一：研究計畫

　　研究計畫文本的基本架構撰寫依研究計畫撰寫時機與計畫的目的、性質之不同而有不同的重點。例如：學位論文研究計畫主要在陳述為什麼要研究此一主題的脈絡背景、研究目的、研究方法，以及所預期的結果與貢獻，因此對研究計畫的評析有其各自的重點所在。

　　雖然如此，評析研究計畫仍有其共同的重點，一般可從下列的角度切入，例如：

1. 研究是否能如期有效達成研究目的。
2. 研究是否能如期有效達成預定的研究進度與工作項目。
3. 研究是否能有效發揮人力資源並使經費的運用達最高的效率。
4. 研究是否能兼顧理論與教育現場的應用性。
5. 研究是否具有學術研究的價值性與貢獻。
6. 研究方法是否具有適當性。
7. 研究文本的架構鋪陳是否合理。
8. 研究文本的編輯格式是否正確。

　　上述評析研究計畫的重點同時也可適用在其它各種研究論文或研究成果的報告上。

貳 論文評析的切入點之二：論文架構鋪陳

　　論文架構鋪陳是論文文本的重要編輯格式之一，也是評析論文的切入點。不論是量化或質性的研究，從論文的架構鋪陳可見到研究者對在該研究的整個歷程與研究的結果。

　　以學位論文而言，量化研究學位論文的論文架構有較為固定的鋪陳，一般可分為以下的章節：第一章至第五章（緒論、文獻探討、研究設計與實施、研究結果分析與討論、結論與建議）的內容。質性研究學位論文研究的章節鋪陳較無統一性的制式規定，其最後的完稿視研究者的研究主題、寫作風格、論文撰寫體例及風格而定。

　　不論是哪一種研究取向或方法的論文架構鋪陳，都要顯現一個共通點，那就是論文文本章節內容的脈絡性與嚴謹的結構性。只有如此，才能彰顯論文的學術性價值。

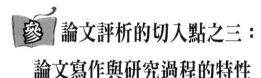論文評析的切入點之三：論文寫作與研究過程的特性

論文寫作與研究過程的特性是論文評析的切入點之一，茲說明如下：

1. 脈絡性

從研究背景、研究動機到研究問題的本身有其一脈相連的脈絡可循。若以CIPP（context, input, process, production）的評鑑模式而言，就是C（脈絡）的部分，而這些脈絡能導引研究者聚焦在研究的主題上。此外，文本敘述的脈絡性也是論文評析的重要指標，它能使文本形成較為順暢的連結。

2. 適當性

為能有效達成研究目的，運用適當的研究方法是必須的，而評析論文的適當性主要即在討論方法的適當與否。在此建議研究者，宜以研究目的決定研究方法，而勿以研究方法決定研究目的，以合乎研究的脈絡與邏輯性。

3. 可行性

論文研究的可行性較偏向研究計畫時的論文評析重點，但在研究過程中，研究者也可以自我檢視論文的可行性。例如，研究是否能如期有效達成研究目的；研究是否能如期有效達成預定的研究進度與工作項目；研究是否能有效發揮人力資源，並使經費的運用達最高的效率等，都是評估論文可行性的重要指標。

4. 嚴謹性／系統性

論文寫作與研究的嚴謹性彰顯在研究實施過程（步驟、流程或程序）的緊密連結與系統性，同時也彰顯在論文文本的架構鋪陳，

以及前後文的脈絡連貫性。因此,論文寫作與研究的嚴謹性也兼具系統性及脈絡性的特性。

5. 創新性

雖然研究係奠基於文獻的基礎上,但仍強調研究的創新性,此一創新可在研究主題、研究方法或所討論的議題上等,彰顯該研究的學術性與實務的應用性價值之貢獻程度。

6. 意義性

任何一個研究都要具備某種意義性,例如,屬於教育類的研究須具有教育的意義性,是否具有教育的學術性價值或具有教育現場的應用性價值,是論文與研究評析的切入點之一。

7. 價值性

如果論文寫作與研究兼具有上述的脈絡性、適當性、可行性、嚴謹性、系統性、創新性、意義性,則此一研究兼具有學術研究與實務應用的價值性。

肆 論文評析的切入點之四：期刊論文寫作

欲投稿期刊必須先從各該期刊的徵稿辦法與相關規定中，瞭解期刊的政策導向及所規定的編輯格式，或是以所撰寫主題的文章投稿適合的期刊，唯有如此，你的文章才有被接受的機會。

以國內各種學門的期刊而言，期刊為能進入「臺灣社會科學引文索引」（Taiwan Social Science Index；TSSCI）資料庫的正式收錄名單，大多採取嚴格的匿名審查機制。通常嚴格的期刊論文審查先經過形式審查（如文本的編輯格式）、初審、複審後，假如需要再請原作者修改時，則請原作者修改後再送請各該期刊責任編輯予以提供意見，供編輯委員會討論決定後續作業。

一般而言，期刊論文的審查要點包含以下各項，且每一項目都有配分（如20%），總分為100分：

1. 研究方法與推論的嚴謹性。
2. 文獻及資料取得、引用、處理與詮釋。
3. 論文結構鋪陳與論證層次的脈絡系統性。
4. 文章的原創性、學術性或應用價值性。
5. 文字的精確與流暢。

審查委員將審查意見以綜合評述及分項評述提供意見，也有的是以優點、缺點及具體修改建議（如舉出原稿頁次）等，提出審查之意見。

審查委員於審查完竣後，以評分的多寡及對該文章的評述結果，向編輯委員會提出是否推薦刊登的建議，例如：

1. 極力推薦採用。
2. 推薦採用。
3. 修正後採用。
4. 修正後再送原審者審查。

5. 不予採用。

　　上述有關是否推薦刊登的等級建議，各期刊之間大致相似，但其所配分數，各期刊有不同的規定。例如，「不予採用」者，有的期刊為69分以下，有的則是75分以下。

伍 論文評析的切入點之五：論文寫作編輯格式

　　如何撰寫論文也是研究的重要歷程之一，同時也是論文評析的切入點。論文的編輯格式不僅是研究結果的呈現方式，亦是研究結果的一部分。而論文的編輯格式主要在於標點符號、縮寫、數字、圖表、論文本文中引用文獻及參考書目的寫法等。因此，研究者必須在撰寫論文之前，先瞭解論文寫作的規範，以及培養撰寫論文的工夫。

　　論文寫作須依規範進行，但其規範又具有差異性，且在差異性中仍有其一致性。甚且論文寫作也隨著研究工具的多樣化、資訊化（例如電子媒體的運用），其寫作格式也要不斷地修改，俾使寫作格式更明確，符應實際的需要。雖然如此，各學門領域及各大學系所，或諸如美國心理協會（American Psychological Association; APA）皆有其特定的論文寫作規範，只要研究者能依循規範進行寫作即可。

♫參考文獻

張慶勳（2010）。《論文寫作手冊》（增訂四版一刷）。臺北：心理。

American Psychological Association. (2010). *Publication manual of the American Psychological Association* (6th ed.). Washington, DC: Author.

陸 論文評析的切入點之六：
研究與論文寫作的三大區塊

融合前述從研究計畫、論文架構鋪陳、論文寫作與研究過程的特性、期刊論文寫作，以及論文寫作編輯格式等的論文評析的切入點，可以綜合統整為研究與論文寫作的三大區塊：概念架構、研究方法論／研究方法，以及文本撰寫的編輯格式。

茲將研究與論文寫作的三大區塊分述如下：

1. 概念架構

研究與論文寫作的概念架構係指從研究的背景脈絡、文獻的回顧與探討，研究動機與研究目的的搭配，以及為有效達成研究目的而運用適當可行的研究方法、研究的結果分析與討論，乃至研究結論等的脈絡性、系統性的連結。更重要的是，概念架構強調從脈絡背景到研究問題的本身是一連貫性的理路，最後則「聚焦」在研究目的（或稱為研究主軸／焦點）上，而以有系統的研究方法予以串聯起來，形成一套有系統脈絡與焦點的研究概念架構。例如，我們可從量化研究的「研究架構圖」瞭解該研究的概念架構，從質性研究所描述、分析與詮釋的故事意義中，理解整個研究的概念架構。

2. 研究方法論／研究方法

研究方法論係屬形而上的哲思、理論、理念與思考的層次，研究方法則屬形而下的技術執行與實踐層次，兩者須由研究者所具有誠於中的研究專業素養與態度予以連貫融合，而使研究方法有其哲學思潮與理論依據，並由所依據的哲學思潮與理論導引研究方法的執行（張慶勳，2005）。

以學位論文為例，量化研究的方法論／研究方法主要在於研究架構、研究假設、研究方法、研究對象／樣本、研究工具、研究步

驟與程序，以及資料處理的研究設計與實施。

　　質性研究的方法論／研究方法主要在於研究方法、研究個案的選擇、研究場域、研究倫理、研究者的角色、研究工具、資料的編碼與記錄、資料分析的策略、研究者與研究對象的稱謂方式，以及研究的可靠性與真實性等的研究方法與步驟。

3. 文本撰寫的編輯格式

　　論文的編輯格式主要在於標點符號、縮寫、數字、圖表、論文本文中引用文獻及參考書目的寫法等。此外，量化研究的文本撰寫的編輯格式特別強調文本架構鋪陳、內文引註、圖表，以及參考書目的寫法。質性研究除了也重視文本的編輯格式外，也強調研究與論文寫作的脈絡理路與寫作風格。

✐參考文獻

張慶勳（2005）。教育研究方法：理論、研究與實際的融合。《屏東教育大學學報》，23，1-29。

柒 學位論文評論
量化研究切入點

♫概念架構

- 背景脈絡／文獻探討
- 研究動機
- 研究目的／研究焦點／聚焦主題
- 待答問題
- 研究架構圖

♫方法論研究方法

- 研究架構
- 研究假設
- 研究方法
- 研究對象／樣本
- 研究工具
- 研究步驟與程序
- 資料處理

♫文本撰寫編輯格式

- 文本架構鋪陳
- 內文引註
- 圖表
- 參考書目

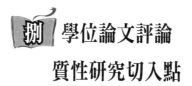

捌 學位論文評論
質性研究切入點

☞概念架構

- 背景脈絡／文獻探討
- 研究動機
- 研究目的／研究焦點／聚焦主題
- 研究問題
- 研究架構圖

☞方法論研究方法

- 研究方法
- 研究個案的選擇
- 研究場域
- 研究倫理
- 研究者的角色
- 研究工具
- 資料的編碼與記錄
- 資料分析的策略
- 研究者與研究對象的稱謂方式
- 研究的可靠性與真實性

☞文本撰寫編輯格式

- 寫作風格
- 文本架構鋪陳
- 內文引註

- 圖表
- 參考書目

✤ 第三部分 ✤

研究寫作的知能藝術——
脈絡可循‧立論奠基

第 十 一 章
以背景脈絡聚焦主題

壹 論文題目的形成是依既有的脈絡一路走過來的

　　雖然在所有的研究法課程中，或從事實際研究工作者的論述與實務經驗裡，已有多次提到如何擬定研究題目或研究主題的對話及經驗交流，但仍有很多的學生或研究者說「論文題目很難定」、「好幾年了都還沒能找到論文題目」，或是「不確定是否從文獻中找研究主題，或從實務現場中找題目」，甚至也常聽說「等研究題目（或研究主題）確定後，論文已做到一半了」等。因此，可見論文題目或研究主題的形成是不容易的，但它卻是有脈絡可循（尋）的。

　　以上所陳述的現象都是事實，也是所有做過研究以及寫過論文的研究者與學生所經歷過的經驗。在這裡我不再將如何研擬論文題目重新論述，但要請你留意下面的一段話：

　　因關懷而研究——下一篇會更好

　　　老師：

　　　打鐵趁熱

　　　心血來潮就順脈絡前進了

　　　茲將昨日與您談到的研究動念先行建檔

　　　一方面補充實踐大學的論辯學養

　　　一方面進行下一篇研究

　　這是陳世聰校長（曾任國立屏東教育大學教育行政研究兼任助理教授）與我在實踐大學參與學術論文發表會後，他從我們的對話中，以「因關懷而研究──下一篇會更好」為標題，用電子郵件傳送給我的感想與進一步的做法。我們從這短短的文字中，可以發現有幾個從事研究必經過程的關鍵字，同時也體會出前導性研究──決定下一研究的方向、主題與所使用的研究方法。因此，論文題目的形成是依既有的脈絡一路走過來的心路歷程，它是有跡可循的。

貳 從脈絡背景聚焦到問題本身

假如你還無法確切的掌握自己所要研究的主軸，建議你從脈絡背景開始，逐漸聚焦到問題本身。同時也建議你從CIPP（context, input, process, production）的評鑑模式予以思考。茲舉作者的「校本文化深耕的策略領導與規劃：學校發展的思維與行動」的研究計畫為例，該模式所代表的意涵如下：

- 背景脈絡（C）：是「Why」的層面，代表本研究奠基於有關校長領導反思與學習，以及形塑學校組織文化與校長領導力的前導系列研究基礎上，繼續深化探索校長領導反思學習的歷程與內涵。此一層面聚焦在校長「為何」有反思與學習的動力，以及受到哪些脈絡背景所牽引。

- 輸入（I）：是「What」的層面，代表研究者在從事本研究所具備的學科知能、研究方法的素養、心理的準備狀態，以及各種從事研究的人力、時間等有形與無形之資源。

- 運作過程（P）：是「How」的層面，代表本研究的研究方法、研究設計與實施過程。

- 研究結果（P）：是「What」的層面，代表本研究所預期的研究目的所達成的結果與貢獻。

前述有關「CIPP」的歷程與「Why, What, How, What」的層面構成互為連結的循環，是探索校長如何儲備領導力的能量，以及啟動校長領導力動能的基礎。

其次，從「CIPP」的歷程與「Why, What, How, What」層面所蘊含的「概念架構」到如何撰寫論文的「操作技術」方面，也是研

究者所要具備的論文寫作素養。例如，在撰寫研究動機時，應從研究問題的背景開始著手。其次，循序漸進地從研究問題的學理基礎、相關文獻的支持與否、研究問題的重要性、研究問題本身等的重點逐步撰寫，進而構成一完整的論述，也就是「以倒三角形的思維聚焦研究主題」的撰寫方式與思維。

參 不要受前人的研究制約而無法展現研究的特點

許多研究者（尤其是研究生）在擬定研究主題或題目時，常會先參考相關的文獻，雖然這是一種正確的方法，但卻也常受限於前人研究的制約。例如，不論哪種研究都有相同性質的研究目的，因此，研究者便在這種情況下，不考量自己研究的特性，以及文獻的探討結果，就將資料硬擠在所設定的研究目的內。所以常會發生文本的論述沒有脈絡性與連貫性，更看不見文獻與研究主題（研究目的）的融合性。同時，研究者也會常常不知如何下筆撰寫論文，以至於停擺不進。

形成上述現象的原因，有的是因為剛剛開始學習做研究寫論文，不知從哪裡著手，所以要參考他人的文獻，急著趕快完成研究，便會有抄短路的心理出現；其次，也有的研究者是因為要趕時間（如畢業），所以也就依前人的研究而依樣畫葫蘆。所以，建議讀者做研究不要受前人的研究制約，而無法展現研究的特點，應嘗試自我學習創新，不要自我設限，否則會浪費更多寶貴的時間而渾然不知。

肆 研究論文要精實聚焦做得到

　　當研究者進行研究論文撰寫時，一般會歷經發想、醞釀、規劃到聚焦研究主題等漫長的時間，而要使研究與寫作更為精緻，最後決定實際執行研究時則要思考以下的因素：

- 小而美：有具體明確的研究焦點（主軸）、研究範圍具體可見、研究時間不拖延；
- 精而實：具有研究價質性（學術性研究或實務應用性之間的取捨或兼具）、研究的意義性、研究的創新與貢獻；
- 做得到：研究者的時間、人力、經費、體力等的資源管理與運用。

　　研究大而無實、不切實際，將使論文品質下降，也會浪費研究時間，徒勞無功。所以，研究論文要精實聚焦且做得到為上策。

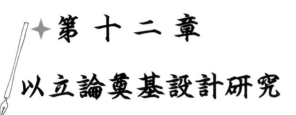

第 十 二 章
以立論奠基設計研究

壹 以文獻為立論基礎導入研究方向與研究設計

「閱讀與消化文獻是研究與寫作的基本功」，能幫助研究者做好基本功，儲備研究寫作的能量。文獻探討與回顧有其特定的功能外，研究者根據文獻的探討能正確的導入適當可行的研究設計。

研究者可以根據文獻探討與回顧的過程與結果為立論基礎，導入以下的概念架構及理論基礎設計研究設計：

一、依研究目的選擇研究方法

研究者以漏斗式的聚焦方式依研究目的，以及如何解釋或詮釋的程度，進而選擇適當可行的研究方法。例如，以量化研究為取徑的研究方法有哪些可以達成研究目的者，若是以質性研究為取徑時，可以選擇的研究方法會有哪些，這是研究者要考量的。其次則是從研究方法的取徑設計研究設計。

二、從研究方法的取徑設計研究設計

研究者可以從量化研究或質性研究的取徑設計研究設計。例如，以量化研究的實驗研究法而言，研究者依文獻探討結果與研究目的選擇適當可行的實驗設計，例如：

(一)前實驗設計

1. 單組後測設計。
2. 單組前後測設計。
3. 靜態組比較設計。

(二)真正實驗設計

1. 等組後測設計。
2. 等組前後測設計。
3. 四個等組設計。

(三)多因子實驗設計

1. 獨立樣本多因子設計。
2. 非獨立樣本多因子設計。

　　若以質性研究的個案研究為例，研究者可依工具性或本質性的個案研究性質而進行研究設計，同時也要留意個案研究有以下的實施步驟：(1)界定所要研究的焦點；(2)設計研究設計；(3)選擇樣本；(4)蒐集資料；(5)理解、描述、分析與詮釋資料；(6)撰寫文本。

三、從研究架構設計研究設計

　　量化研究除了文本的架構鋪陳外，通常以研究架構圖呈現研究的主要核心，從此一圖形中可以清晰瞭解整個研究的研究目的與研究變項之間的關係。例如，從實驗研究的研究架構圖可以瞭解研究變項的因果關係，以及採用哪種實驗設計法，同時也能瞭解實驗進行的步驟與統計方法。

　　質性研究的研究架構在文本架構鋪陳方面較沒有制式化的限制，但仍聚焦在整體研究的脈絡性與研究主題的呈現，通常在第一章可見到以圖形或文字敘述表示的研究架構。

★註：請參考本書「依研究目的選擇研究方法」及「一開始就要把論文文本的編輯格式搞定」、「閱讀與消化文獻是研究與寫作的基本功」等相關論述。

貳 量化研究強調驗證性的變項關係探究

　　量化研究通常係以文獻探討為根基，據以提出研究目的與研究假設，其次再以所蒐集的資料驗證是否支持研究假設。而量化研究的核心主要在探究變項之間的關係，不論是調查研究法、實驗研究法，或是相關研究法，都可從研究架構圖中呈現研究變項之間的關係（如因果關係，或相互關係等），以及研究實施的步驟。我們可從以下的論述舉例瞭解量化研究的焦點。

一、研究架構是量化研究的核心樞紐

　　量化研究文本所呈現的研究架構圖係在論述研究背景、研究動機、研究目的、文獻探討之後所導引而出。從研究架構圖除了可瞭解整個研究所要探究的研究變項關係之外，也可以瞭解研究所要使用的研究方法，並可據以作為資料蒐集後，研究者分析討論的重要指引方向。所以，研究架構是量化研究的核心樞紐。

二、從研究架構圖可瞭解研究所要探究的變項關係

1. 以描述性研究而言

　　在描述性研究所呈現的研究架構圖通常置於研究方法的單元中（如學位論文的「研究設計與實施」章節），而描述性研究所要探討的現象，通常採用調查法後，以描述性統計（如百分比、標準差，或百分位數、百分等級）予以解釋數字所代表的意義。

2. 以因果性研究而言

　　在因果性研究架構圖或是研究設計模式圖中，都可顯示研究變項的因果關係，諸如自變項、依變項，或因果關係的路徑分析，或是驗證理論模式的適配度等，都可運用實驗研究的設計，或統計分

析而解釋研究結果。

3. 以相關性研究而言

在相關性研究的研究架構圖中可見到研究變項之間的兩兩關係，或是一個變項對多個變項，或多個變項對一個變項的關係。其統計方法則視研究者所要達成的研究目的而決定，例如，研究目的在瞭解民眾的教育程度與他們對健康知識的認知是否有正相關存在，則可用積差相關予以處理。

以上各種研究結果應視研究變項的屬性而在做合理的解釋，研究樣本的教育程度、性別等係屬於屬性變項，研究者無法操弄控制，所以不能以因果關係的方式解釋研究結果，而應以「男生與女生在＿＿有不同的看法」，不宜以「因男女生性別的差異而造成看法上的差異」予以解釋。

三、從研究架構圖可導引至研究假設

以資料驗證研究假設是量化研究的精髓，雖然研究者從研究主題的相關文獻論述評析結果，進而提出研究目的與研究假設，但這些概念架構都可形之於研究架構圖中，進而導引出研究假設。

基本上，研究假設的數量依研究目的的多寡而定，但根據研究結果所提出的建議，以及研究目的係在瞭解或描述某一現象時，則不宜列入研究假設內。其次，不論是實驗假設或統計假設，研究者宜在進行實驗操弄及經由統計分析後，予以解釋研究變項之間的相關性或因果性的關係。

四、從研究架構圖可瞭解採用是當可行的研究途徑／方法

研究者從研究目的、研究架構圖與研究假設中選擇適當可行的研究途徑或方法，例如，採用質性研究中的訪談法、觀察法或文件分析法，或量化研究中的問卷調查法、實驗研究法，研究者也可以在各種研究法中使用適當的統計分析而進一步解釋研究結果。

參 質性研究聚焦於探索性的分析與詮釋

　　質性研究主要係以立意取樣的方法選擇值得探究的個案，經由「眼見為憑」的觀察法，或「親眼看到」、「親（傾）耳聽到」的訪談法，或選擇足以提供任何動態與靜態文本資料而能有效達成研究目的的樣本，對所蒐集資料予以理解、描述後，再經由分析與詮釋資料所代表的意義。

　　質性研究強調研究者的進入田野現場場域後，能「深入其境」的融入其中，同時從一開始的綜觀性蒐集資料，逐漸邁入微觀的聚焦性資料之蒐集。而「讓資料說話」是研究者首先必備的心理準備與研究方法論的基本素養，因此在資料的編碼與分析策略方面，研究者可採用「扎根理論」的分析策略，勿預先設想，而讓資料能回歸到本源，而有「What's going on」的意涵存在。

　　據此，質性研究者必須具備質性研究方法論的素養，進而探索研究個案、場域，甚至研究者本身的立場與世界觀，也是在進行質性研究過程中所要自我探索的另一世界。茲建議讀者可從以下的角度建構與探索研究結果或研究個案的世界與意義：

1. **研究方法**：根據研究目的選擇適當可行的研究方法。
2. **研究個案的選擇**：根據「理論抽樣」，選擇能提供豐富資料且足以達成研究目的的樣本。
3. **研究場域**：能以自然、深入其境的融入研究場域。
4. **研究倫理**：進退有據、互為尊重、不構成威脅與傷害。
5. **研究者的角色**：以研究者角色進行研究，斟酌「局外人」與「局內人」之差異。
6. **研究工具**：研究者本身即是研究工具，研究者身外之物的使用與操作技能。
7. **資料的編碼與記錄**：隨時隨地做必要之記錄，不論是田野札

記、研究日誌、觀察紀錄、訪談逐字稿或紀錄，都是研究者所需要的；亦即「心有所想、眼有看到、耳有聽到」的各種動態與靜態紀錄，都是資料的文本來源。

8. **資料分析的策略**：可運用「扎根理論」的編碼策略進行分析，再據以詮釋資料的意義與本質。

9. **研究者與研究對象的稱謂方式**：依研究者的寫作風格，以及文本的字句文辭結構，妥適運用「我」、「筆者」或「研究者」的自我稱謂。

10. **研究的真實性與可靠性**：以三角檢證、多次來回，或以「理論飽和」的概念，不斷蒐集資料以建構研究的真實性與可靠性。

　　質性研究即不斷的探索及挖寶的分析與詮釋歷程，研究者宜以上述的質性研究方法論精髓進行研究設計，而成為一關懷自我與他人的質性研究者。

✦第 十 三 章

以分析討論詮釋意義

壹 量化研究以理論奠基詮釋數字意義

　　對研究者而言，如何將量化研究所蒐集的數據資料予以有效的分析與詮釋，通常是研究者極為重要且關鍵性的挑戰。因為將研究結果數字的意義化，除了能彰顯研究的品質與內涵外，並能代表研究的完整性，所以研究者都極力尋求具有意義化品質的研究。

　　欲使量化研究結果的數字意義化，應還原至量化研究的研究典範及其立論基礎，也就是，量化研究係以實徵主義的研究典範，強調任何現象都可用數字予以測量，同時也根據所測量的數字對人類行為或所施測的對象進行解釋或預測；其次則是量化研究所根據的理論基礎是解釋數據的重要依據。

　　據此，量化研究不僅是在描述現象，更重要的是，研究結果的如何解釋與預測，是量化研究的主要目的。量化研究強調以理論奠基詮釋數字意義。

貳 質性研究在讓資料說話以詮釋意義

　　研究者在研究場域所蒐集資料的處理要秉持「讓資料說話」的原則，也就是還原到「實地性」，「從扎根做起」的做法。同時在經由對資料的確切理解、深厚描述後，進行分析與詮釋意義。

　　「讓資料說話」能符應質性研究所要追尋生命故事意義的本質，它不僅要探究「為何；why」會如此，也在探尋「如何；how」形成今天這個「樣貌」（研究者所看到、聽到的現象；what）。因此，研究者需把握質性研究強調生命故事的本質之精隨，做好資料的分析與詮釋意義。

　　繼之，研究者所思考的是如何進行資料的分析與詮釋，建議讀者可從以下的論據予以進行，即是：

1. 把握質性研究的本質

　　如前所述有關「為何」、「如何」、「樣貌」的循環性，以及運用「社會情境文化脈絡、主觀覺知與影響因素架構」（Context, Intuition, and Influence Framework; CII Frame）的分析策略。

2. 與文獻對話

　　雖然有些質性研究因為寫作風格的因素，或是因為所研究的主題，在研究過程中不斷有新的或引申更多的議題，所以在研究論文的文本內未列出文獻探討章節，但仍要在相關的研究議題中能與文獻對話，進而作為資料討論與詮釋意義的依據。

3. 以研究者的哲學觀與經驗為導引

　　研究者在質性研究中即為研究工具，他的哲學觀與人生經驗可建構成為研究寫作的概念架構，而導引整個研究的走向與研究實施步驟的進行。

　　研究者不論是從研究個案經驗的再重現中詮釋意義，或是在現

場場域中探索意義，都要秉持質性研究在讓資料說話以詮釋意義方面的本質。

★註：請參考本書「敘說分析是經驗的再重現」等相關論述。

參 運用策略分析工具據以分析討論與詮釋

從事研究寫作的過程中運用必要的研究工具，是一種必要性的手段。例如，在問卷調查法中所編製的問卷，在質性研究中所運用的錄音設備、攝錄影設備等，都是研究者常使用的研究工具。而為了要協助研究者進行資料的分析討論與詮釋意義，也需要運用一些「策略分析工具」，茲舉例說明如後：

1. 研究者本身

不論是量化研究或質性研究，研究者本身可以說是最好的研究工具，研究者所具備的研究方法論與研究方法的素養、他對研究所具有的心理準備，以及研究者「對整個研究的概念架構到如何操作的技術層面」等，都深深影響研究的品質。

2. 理論性策略工具

這是屬於研究方法論與研究方法的素養，例如，研究者將觀察或訪談的紀錄以「扎根理論」的編碼策略進行開放編碼、主軸編碼、選擇編碼、歷程編碼等策略。同時也運用「理論抽樣」選擇所需要的研究樣本，以及運用「理論飽和」的概念決定是否繼續蒐集資料。雖然這些是「扎根理論」所運用的策略分析工具，但也都適宜運用在量化研究與質性研究中。

3. 文獻評析的結果

這是研究者如何將研究初步結果（如量化的數據，或觀察與訪談的逐字稿）與相關文獻的對話歷程。

4. 資訊科技的運用

如電腦文書的處理、攝錄影的設備、利用科技搜尋文獻（如電子資料庫的文獻）、運用相關軟體進行統計分析（SPSS、SAS的

軟體），以及使用資料編碼的軟體（如Atlas軟體）等，以協助研究者分析討論及詮釋資料。

5. 分析策略的運用

　　本書作者在《校本文化領導的理念與實踐》的研究中，「融合訪談、觀察、文件檔案，以及田野筆記、研究日誌等資料來源，並根據Struss與Corbin（1998）所提出扎根理論的資料分析法為主要的分析技術，進行下列的分析策略與步驟：步驟1：首先從所蒐集的資料進行逐行逐字的微觀分析；步驟2：將前項分析結果予概念化，並進一步予以歸類；步驟3：將所歸類的概念予以比較及分析其差異性與關係性；步驟4：進一步分析與詮釋故事的深層意義」，此即為一例。

　　上述的各種策略性的分析工具最重要者還是研究者本身，因為只有研究者才能真正掌握所有的研究歷程，也就是「從概念架構到操作的技術」的全盤規劃與執行，都落在研究者身上。

✿參考文獻

張慶勳（2006）。《校本文化領導的理念與實踐》。高雄：復文。

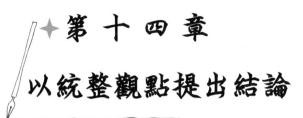

第十四章
以統整觀點提出結論

壹 結論首重統整歸納再概念化

結論是整個研究的精髓所在，但我們卻常發現有以下的現象，研究者常常未能做好「下結論」的工夫。例如，在量化研究中，研究發現與結論相似、結論的陳述仍以統計術語呈現；在質性研究中，因為所研究的故事係在不斷發展進行中，所以有的研究者認為不必有「結論」二字，但仍宜以統整性的概念化陳述研究當時的現象。

結論究竟應如何「下」，提出下列的原則供參考：

1. 根據文獻評析與資料蒐集所得到的數據，經由分析討論後，據以歸納整理而成；

2. 根據研究目的與研究假設逐項分析歸納而成；

3. 以「讓資料說話」的精髓，從「實地的、扎根的」資料開始，即是以漏斗式的方式逐漸聚焦到「問題的本身」，逐步分析討論與詮釋，最後在經由統整歸納，以及再概念化而形成結論。

假如你好好把握「下結論」的方法並確實執行，以後如果有朋友問你，「你的研究結論是什麼」、「研究結論的重點在哪裡」，或「你如何下結論」時，你就能具體明確的指出你的研究最大的「賣點」了。

貳 結論撰寫有其依循的脈絡與切入點

結論應如何「下筆」，有以下的依循脈絡及切入點：

1. 研究發現與結論有別

量化研究中的研究發現是數字的描述性陳述，而結論則是資料統整歸納再概念化的結果。所以，結論是研究結果的解釋，而非研究結果的重述。

2. 依研究目的與研究假設的順序依序陳述

這是一種較為制式化的陳述方式，但常常因結論經由統整與概念化的結果，而跳脫此一桎梏，進入綜合性的上位階層。

3. 不再陳述他人的文獻

結論應是研究者研究的最後分析成果論述，因此已不是他人的觀點，所以不再用他人的文獻。

4. 直接以意涵表達結論

結論的標題與內容敘述不用操作性的統計術語，而是直接以意涵表達結論。

5. 結論的標題應精練簡短

標題應精簡扼要，而段落文字可重點論述，但仍不宜冗長或過於簡短，而無法彰顯結論的重點。

「下」結論與「寫」結論同等重要，研究者都須使其緊密結合，最後才能完成兼具學術性與實用性價值的研究論文。

結論導出建議並能具體可行

一般在學位論文的量化研究中常看到研究生將建議列為研究目的之一，但建議並非研究者在研究過程中所操弄或調查的變項，因此，研究目的是不含建議的。嚴謹的說，研究最後所提出的建議是由結論導引而出，不是研究目的的一部分。

結論與建議之間的關係可從以下的論點予以探討：

1. 建議要與結論相對應

因為結論導引出建議，所以建議要能與結論相互對應，假如所提出的建議是任何研究都可做的，或是沒有做研究也可以提出相同的建議，則不是好的建議。

2. 建議須具體可行

建議首先要具體可行，有方案的規劃更佳。

結論導出建議，並能具體可行，是結論與建議之間關係的最佳寫照，研究者應切記之。

第十五章
以回饋省思續航故事

壹 以回饋省思精進成長彰顯生命故事的意義

　　從做研究的發想、醞釀、規劃與執行的研究寫作歷程，代表著研究者學術生命的脈絡軌跡，在這一脈相連的脈絡中，可見到研究者的哲學觀、世界觀、人生觀與人格特質，也是研究者思維與行動的融合過程，因此，研究寫作也是研究者另一個具有生命價值與意義的生命故事旅程。

　　不論是在研究寫作的過程中或之後，研究者的反思工夫，以及與他人的互動回饋，是精進成長最佳且唯一的途徑。茲摘錄作者所建構「校長領導反思學習的歷程與內涵」論述為基礎，提出以下論點供讀者參考。

　　　從校長的專業成長與學校經營實務而言，要成為一位真正的領導者必須經過學習與反思。從訪談資料與文獻對話的分析得知，校長領導的反思學習係校長經由「知、思、行、得」四個互為循環回饋的歷程，且校長將這些反思學習內化為形而上的哲思，並以之作為誠於中的教育理念，以及形而

下教育實踐能量的起始點與動力根源，進而建構成一具有兼融形而上、誠於中與形而下的整體性與循環性反思學習體系，而這正是要成為一位真正的領導者必經的過程。

　　校長領導的反思學習循環回饋綜合概述如下，即是校長領導的反思學習循環回饋的過程中，以「反思學習」為核心概念，以形而上「哲思」為根源，以「人性」的基本假定為切入點，以「策略」為方向導引，以「藝術」為形而下的具體運作，以「知、思、行、得」為反思學習的動能。

♪參考文獻

張慶勳（2008）。校長領導的反思學習案例故事。2008.11.22發表於2008教育領導與學校經營前發展研討會。埔里：國立暨南大學。收於《「2008教育領導與學校經營前發展研討會」論文集》（頁227-240）。埔里：國立暨南大學教育政策與行政研究所。

　　前述「知、思、行、得」反思學習的回饋歷程，可提供研究者回饋省思、精進成長的參考價值，尤其是以「反思學習」為核心概念，以形而上「哲思」為根源，以「人性」的基本假定為切入點，以「策略」為方向導引，以「藝術」為形而下的具體運作，不僅可運用在研究寫作上，也可運用在人生旅程的各種生命軌跡發展階段。

貳 寫完論文再續前緣

　　寫完論文你要做什麼？這是許多研究者心中的疑惑，或許因為研究寫作太辛苦了，你想要好好休息；或許你沒有任何新的規劃而想要休息。但不論是處於何種情境，研究寫作的生命旅程猶如一年四季的時序，也宛如一天的早、午、晚一樣，不斷的循環進行中。

　　寫完論文之後，你可以做許多事，例如：

　　暫時休息，蓄勢待發，儲備能量，再另起爐灶，走更遠的路。

　　將研究予以公開發表，展現力道，與同道好友互動回饋，以連結加深關係，精進成長。

　　與你的生命軌跡同步，繼續延續學術生命的脈絡，發展相關的研究計畫與執行研究。

　　協助他人與後來者從事研究寫作上的經驗傳承。

　　或許你有其他的想法與做法，不論如何，你都可以從各種面向幫助他人完成他們的心願。只因為你做過研究與寫作，知道如何經營你的人生，以及如何轉化為協助他人的動力。

您，了沒？

趕緊加入我們的粉絲專頁喲！

教育人文 & 影視新聞傳播～五南書香

等你來挖寶

【五南圖書 教育／傳播網】
https://www.facebook.com/wunan.t8
粉絲專頁提供——

・書籍出版資訊（包括五南教科書、
　知識用書，書泉生活用書等）
・不定時小驚喜(如贈書活動或書籍折
　扣等)
・粉絲可詢問書籍事項（訂購書籍或
　出版寫作均可）、留言分享心情或
　資訊交流

封面圖
不定期
會更換

請此處加入
按讚

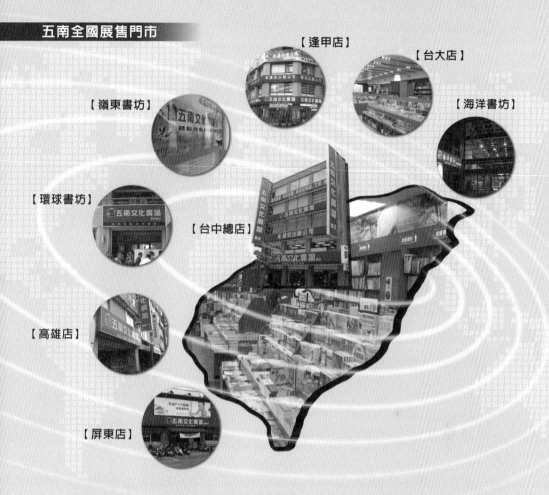

國家圖書館出版品預行編目資料

論文寫作軟實力：悠遊在研究寫作天地中／張
慶勳著.－二版.－臺北市：五南，2016 .07
　　面；　　公分
ISBN 978-957-11-8677-1（平裝）
1.論文寫作法
811.4　　　　　　　　　105011258

1JCW

論文寫作軟實力
悠遊在研究寫作天地中

作　　　者 ― 張慶勳(210.4)

發 行 人 ― 楊榮川

總 編 輯 ― 王翠華

主　　　編 ― 陳念祖

責任編輯 ― 謝麗恩　李敏華

封面設計 ― 陳翰陞

出 版 者 ― 五南圖書出版股份有限公司

地　　　址：106台北市大安區和平東路二段339號4樓

電　　　話：(02)2705-5066　　傳　　　真：(02)2706-6100

網　　　址：http://www.wunan.com.tw

電子郵件：wunan@wunan.com.tw

劃撥帳號：01068953

戶　　　名：五南圖書出版股份有限公司

法律顧問　林勝安律師事務所　林勝安律師

出版日期　2011年1月初版一刷
　　　　　2016年7月二版一刷

定　　　價　新臺幣350元